Ein Buch für die Nachwelt, welches den Beginn einer Geschichtserzählung markiert, die sich über Jahre hinweg erstrecken wird.

Angaben zur Schreibenden Person:

Scheinperson

Jovan Grubač

Wien, 2025

Herbst 1914, Auf dem Weg zur Ostfront

Gestern noch liebend und geliebt, heute schon verachtend und verachtet. Gestern noch den Abend gemütlich, wie so oft, vor dem Kamin verbracht, doch heute schon im Zug an die Ostfront sitzend. Niemand kann sich diese lange, langsame Fahrt, von Wien beginnend vorstellen, der nicht dabei war. Was soll man in solchen Momenten denken? Man wird in Züge verfrachtet, um dem verhassten Feind vielleicht schon am nächsten Morgen das Bajonett in die Brust zu rammen. Die Gefühlslage, in der ich mich befinde, ist unbeschreiblich. Wut, Trauer, Hass, Heimweh, Müdigkeit, Enttäuschung, Liebe, Schuld, Hoffnung, Verantwortung. All diese Gefühle liegen mir zu Last. Wie soll ich diese Gefühlsexplosion vertragen? Ich muss mich von den Gedanken über die Zukunft ablenken, denn so sehr ich auch versuche Positives zu finden, so finde ich nur den Tod.

Ich werde über die Vergangenheit nachdenken. Sie war zwar nicht immer schön, auch sie trug den Tod oft mit, doch sie bescherte mir auch viele schöne Momente, die ich in dieser kleinen Biografie, die ich während der Zugfahrt schreiben möchte, wiedergeben werde. Falls ich sterbe, erreicht diese Schrift hoffentlich irgendwann meine Tochter, denn sie konnte ihren Vater bis jetzt noch nicht ordentlich kennenlernen, da sie noch sehr klein ist. Hoffentlich erfährt sie, dass ich einer der Menschen war, die den Krieg verachteten, und nicht einer der Jubelnden.

Ich werde auch versuchen, nach Beendigung der Biografie, Tagebucheinträge zu verfassen, die die Nachwelt an dieses dämonische Treiben erinnern sollen.

Sommer 1895, ein Vorort von Nis, Serbien

Wächst man im Krieg auf, wünscht man sich nur Eines. Den Frieden.

Ich wusste schon gar nicht mehr, wer gegen wen kämpft, wer gut und wer böse ist, wer Recht hat und wer im Unrecht ist. Irgendwie hatte ich aber das Gefühl, es wäre im Krieg sowieso egal, weil er unabhängig von den Kriegsgründen die Opfer nie rechtfertigen kann.

Als man zu mir kam, einem Jungen ohne Eltern, in einem kleinen, fast verfallenen Haus lebend, man mir sagte die einzige Möglichkeit ein menschenwürdiges Leben zu führen wäre der Armee beizutreten, um die Unruhen im Land zu bekämpfen, wusste ich sofort was zu tun war. Ich sagte voller Begeisterung zu, erbat einen Tag, um mich von meinem Geburtshaus zu verabschieden und wartete, bis diese komischen Gestalten außer Sichtweite waren. Ich wusste, da sie mich entdeckt hatten, würden sie keine Ruhe mehr geben und mich zur Not zwingen mitzugehen, so wie alle anderen Jugendlichen, deren Eltern der Krieg einforderte.

Ich packte so wenig wie möglich, damit ich mein einziges Heim auf Erden schnell verlassen konnte, jedoch ohne zu wissen wohin. Doch nur eines war mir wichtig. Niemals werde ich dieses barbarische Treiben der Armeen unterstützen, auch wenn es mich mein Leben kostet.

Der Krieg bedeutet immer eine Lüge. Ich sterbe jederzeit, überall für die Wahrheit, doch für eine Lüge möchte ich keine Sekunde leben.

Glücklicherweise kannte ich mich mit meinen damals achtzehn Jahren im Gelände bestens aus, denn viele Tage verbrachten wir Kinder vor dem

Krieg in den Feldern. Auch die Natur war mit ihren Bäumen als Versteck, ihren Flüssen als Nahrungsquelle, sehr großzügig.

Nach dem Tod meiner Eltern, wurde mein Onkel für etwa 3 Jahre mein Ersatzvater. Er kümmerte sich in dieser Zeit darum, mir so viel wie nur möglich beizubringen, damit ich selbstständig leben kann. Das Fischen lernte ich von ihm, das Verbrennen nassen Holzes, die Aufzucht von Schweinen, sowie anderen Nutztieren, aber auch einige Ansätze der deutschen Sprache konnte ich von ihm lernen, denn er war ein Kaufmann, der auf die internationale Kommunikation angewiesen war. Soweit mir bekannt, sprach er Deutsch, Bulgarisch, Russisch, Serbisch und Italienisch. Erstaunlich viele Sprachen für einen Mann, der eigentlich nie etwas anderes machte als Gegenstände oder Tierprodukte gegen Geld zu tauschen. Er erzählte mir immer von den wunderbaren Städten außerhalb unserer Gegend, in denen man jeden Tag andere Menschen sieht. Unendliche Möglichkeiten zur Freizeitgestaltung habe man dort. Zu Hause sah ich immer die gleichen Gesichter. Es gab nichts zum Zeitvertreib außer ein paar Büchern auf Deutsch, die er mir gelassen hatte bevor er ging, doch es fiel mir sehr schwer sie zu verstehen.

So ging ich nun durch die Wälder flussaufwärts, ohne Ziel, ohne Zeitgefühl, ohne geografische Kenntnisse. Wo sollte ich hin? Ein junger Pazifist, dessen Eltern, eine Bulgarin und ein Serbe, die auf Grund „verbotener Liebe" ermordet wurden.

Ich verabscheute den Krieg, der überall zu toben schien, ich verabscheute den Hass, den man den Menschen in den Augen ablesen konnte.

Ich gehöre keiner Nationalität an, denn wenn man im Krieg töten muss, um irgendeiner Nationalität anzugehören, dann bin ich lieber nationalitätslos.

Nach mehrtägigem Spazieren, Marsch möchte ich es nicht nennen, denn dafür ließ ich mir zu viel Zeit, um die Natur zu genießen, erreichte ich erstmals einige Dörfchen, in denen ich gesammelte Dinge wie Kräuter, von denen ich nicht wusste, wozu sie zu gebrauchen waren, oder auch schöne Steine, die ich fand, unter Benutzung meines einzigen Talentes, der Kommunikation, geschickt verkaufen konnte. Ich wäre ein Reisender, die Steine aus griechischem Gebirge, die Kräuter, mit besonderen Heilkräften jahrelang getrocknet und erworben im Osmanischen Reich. Die Menschen in diesen kleinen Dörfern waren freundlich, sowie überaus gutgläubig. Ich hätte ihnen wahrscheinlich sogar Blätter von den Bäumen in ihren eigenen Gärten verkaufen können, ohne dass sie Verdacht geschöpft hätten, betrogen zu werden. Mit dem erhaltenen Geld konnte ich mir einige Essensvorräte kaufen. Mit der Zeit reichte die ertauschte Summe sogar für das Erwerben von neuen Kleidungsstücken aus.

Mir gefiel es einen Reisenden zu verkörpern. Die Menschen waren freundlich zu mir, ich wusste, sie träumten alle im geheimen die Welt zu erkunden, anstatt mit ihren alten Verwandten am Tisch zu sitzen, um jeden Tag die gleichen Geschichten zu hören, die die gleichen Menschen erzählten, mit denen sie die gleichen Mahlzeiten verspeisten.

Ich entschied weiterzugehen, bis an einen unbekannten Ort, in den ich mich auf Anhieb verlieben würde. Ich wusste es muss eine Stadt geben, in die ich gehöre, ich war nur noch nicht dort gewesen.

Sommer 1895, irgendwo in Nordserbien

Nach zweiwöchiger Reise war ich schon ein Vollblutreisender geworden. Ich hatte mit so vielen Menschen gesprochen, dass ich schon anhand ihres Gesichtsausdruckes erkannte, was sie sagen würden, wenn ich vorbeigehe. Die einen grüßten freundlich, andere schauten mich schief an, manche sprangen auf, boten mir sofort ein Bad, ein Bett an; einige ignorierten mich jedoch auch vollkommen.

Ich genoss diese Reise unglaublich. Ich war nicht mehr der Sohn einer dreckigen Bulgarin, wie mich die Menschen in meinem Geburtsort nannten, denn niemand kannte meine Identität. Ich war ein willkommener Gast, kleine Kinder wollten die Geschichten eines Reisenden hören, auch wenn die meisten erfunden waren.

Ich lernte mich in dieser Zeit selbst kennen, in dieser Zeit, in der ich niemand sein musste.

Sommer 1895, Eine Stadt in Ungarn

Wochen vergingen, der Sommer neigte sich dem Ende zu. Ich wusste, ich könnte nicht im Freien überwintern. Doch wo sollte ich hin? Seit ich losging, ging ich an keinem Ort vorbei, an dem ich mir zu bleiben hätte vorstellen können. Ich wollte nie wieder ein Junge vom Dorf sein, den niemand beachtet. Ich wollte die wundervollen Städte kennenlernen, von denen mein Onkel mir erzählte. Doch wie ist es möglich, dass ich in den ganzen Wochen meiner Reise noch an keiner der besagten Städte vorbeikam? Die einzige Stadt, wenn man so sagen darf, die ich bis dahin sah, war Belgrad. Belgrad kannte ich jedoch schon von Ausflügen im Kindesalter. Ich ging und ging, ab Belgrad einen Fluss entlang, der wie ich später erfuhr die Donau war. Ich wusste noch nicht einmal, dass ich das serbische Königreich bereits verlassen hatte, da meine geografischen Kenntnisse damals unter aller Würde waren.

Erst als ich Menschen ansprach, deren Antwort eine andere Sprache trug, später stellte sich heraus es war Ungarisch, merkte ich, dass ich meine Heimat verlassen hatte.

Glücklicherweise verstanden einige das deutsche Wort „Stadt" und deuteten mir immer wieder flussaufwärts, während sie das Wort „Buda" oder „Pest" riefen. Nach einigen weiteren Wochen gemütlichen Spazierens, als der Sommer schon langsam verblasste, sah ich aus der Ferne endlich eine Anhäufung von Gebäuden, die ich sofort mit den Erzählungen meines Onkels in Verbindung bringen konnte. Dies musste endlich eine dieser Städte sein, von denen er so sehr schwärmte. Fast im Laufschritt näherte ich mich der Stadt.

Als ich kurz davor war die Stadt endlich zu erreichen, voller Euphorie, sollte es dann doch anders kommen.

Drei seltsam gekleidete Männer, anscheinend Soldaten, packten mich sofort und zerrten mich unter in ein zerfallenes Haus.

Erwartend saß dort ein merkwürdiger alter Mann, dessen abgerundeter Schnurrbart an Absurdität nicht zu überbieten war. Er befahl den Männern mich loszulassen und stellte mir Fragen in fremder Sprache. Ich erwiderte, ich spräche nur ein wenig Deutsch, ich sei ein Reisender aus Serbien, der die Welt erkunden möchte. Glücklicherweise sprach der alte Mann auch Deutsch, somit konnten wir uns gebrochen verständigen. Schlussendlich erklärte er mir, er erwarte Besuch aus Serbien. Einen jungen ungarischen Mann meines Alters, der ihm über die Lage im Süden Serbiens berichten sollte. Ich log, ich sei aus dem nördlichen Teil gekommen, um die schöne Stadt zu sehen von der man mir erzählte, solange der Sommer es noch zuließe.

Nach einem kurzen Gespräch, in dem ich mich geschickt rauszureden schaffte, gaben mir die netten Herren einen Platz an ihrem Abendtisch, eine warme Mahlzeit, wie ich sie schon seit Jahren nicht hatte, boten mir einen Schlafplatz an und sagten ich könne mir am nächsten Tag in aller Ruhe ihre wundervolle Stadt anschauen, in der gerade die Vorbereitung für riesige Bauten bevorstünde. Zu Hause sollte ich dann allen Menschen von der unglaublichen Schönheit ihrer Stadt berichten. Sofort willigte ich ein. Wohlbemerkt dachte ich am Anfang, als mich diese Männer packten, meine Reise sei zu Ende, ich müsste sterben, ohne je eine dieser wundervollen Städte gesehen zu haben.

Das Schicksal wollte mir wohl zeigen, dass ein jeder Mensch nur ein bestimmtes Maß an Pech in seinem Leben erdulden muss.

Meines dachte ich damals, sollte doch endlich erreicht sein.

Am nächsten Morgen, ausgeschlafen, voller Motivation, begab ich mich in die Richtung, die mir der alte Mann mit dem Schnauzer wies. Ich ging etwa eine Stunde bis in die Innenstadt. Als ich sie erreichte, kam ich aus dem Staunen nicht mehr heraus. Überall mehrgeschoßige Gebäude, unendlich viele Menschen spazierten durch die Boulevards, seltsame Früchte, die ich noch nie gesehen hatte, wurden überall verkauft, Zeitungsverkäufer an jeder Ecke, mir völlig neue Gefährte fuhren auf stabil gebauten Straßen, elegant gekleidete Leute neben verdreckten Bettlern; das musste sie sein, eine dieser wunderschönen Städte, von denen mein Onkel immer schwärmte.

Mich beeindruckte diese Durchmischung von arm und reich, groß und klein, sauber und dreckig, schon von Anfang an. Wie konnten so unterschiedliche Menschen friedlich in einer Stadt miteinander leben?

Vor lauter staunen geschah mir das, was mir so oft geschah. Ich kam in eine blöde Situation.

Die letzten Geschoße eines wunderschönen Gebäudes betrachtend, demontierte ich mit vollem Körpergewicht den Stand eines alten Zeitungsverkäufers, der für gefühlte fünf Minuten nicht mehr aus dem Schreien herauskam. Ich bot ihm selbstverständlich meine Hilfe an, die am Boden liegenden Zeitungen wieder aufzustellen, doch es war ihm nicht genug. Geschätzt zwanzig deutsche Wörter kannte der Mann, doch er schaffte es mir damit klarzumachen, er müsse sich nach dieser Aktion kurz ausruhen, den Schock verarbeiten, deshalb müsste ich einstweilen seinen Zeitungsstand betreiben, sonst würde er zur Polizei gehen. Weiters sagte er, ich bräuchte nicht einmal auf die Idee zu kommen, irgendeinen Blödsinn anzustellen, er wohne direkt gegenüber und kenne die Betreiber aller Nebenlokalitäten, die jetzt alle ein Auge auf mich werfen würden. Ich hatte zu große Sorge davor, verhaftet zu werden, dass ich sofort einwilligte. Nachdem er mir die Preise der Zeitungen nannte, klar machte das Geld sei bis auf den letzten Heller gezählt, verschwand der alte Mann in dem Gebäude gegenüber. Anfangs wusste ich nicht wirklich, wie ich mit der Situation umgehen sollte, doch dann empfand ich diese Aktion nicht als Strafe, sondern eher als perfekte Möglichkeit, die vorbeispazierenden Menschen zu beobachten, sowie das Stadtbild zu verinnerlichen. Die Stunden vergingen langsam, ich verkaufte zwar etwa 20 Zeitungen, doch nach kurzer Zeit war ich unglaublich gelangweilt.

Es kam ein älterer, elegant gekleideter Herr, bat um eine „Wiener Zeitung". Er erschrak fast, als er merkte, dass ein fast noch kindlicher Jugendlicher, der allein auf Grund seines Aussehens, eindeutig kein Deutscher oder Österreicher sein konnte, ihm auf Deutsch antwortete.

Wir wagten ein Gespräch. Ich versuchte ihm so gut es geht meine Situation zu beschreiben, worauf dem Mann ein gewisses Mitleid im Gesicht abzulesen war. Nachdem er mir seine Adresse nannte, lud er mich ein, ihm nach Beendigung der Strafarbeit, einen Besuch abzustatten. Mir war etwas merkwürdig im Magen, doch meine Menschenkenntnis, die ich auf meiner Reise erworben hatte, verriet mir, dass der Mann selbst viel stärker an seinem Schicksal leiden musste als ich. Er war sicher nicht gefährlich oder gewalttätig, er wollte nur Gesellschaft, davon war ich überzeugt.

Nach mir unendlich vorkommenden Stunden, torkelte endlich der alte Zeitungsverkäufer zurück, gab mir ein Stück Brot und sagte, ich solle jetzt verschwinden.

Ich suchte etwa eine Stunde nach der Adresse, die mir der Herr mit dem traurigen Gesichtsausdruck nannte, bevor mir endlich jemand den Weg erklären konnte. Ich ging hoch, klopfte an der Tür und nannte meinen Namen, YX, bevor er mir freundlich öffnete. Der alte Herr, mit seinem eleganten Kleidungsstil, gepflegten Äußeren öffnete mir 18-jährigem ungebildeten Waisenjungen die Tür, worüber er sich sogar noch zu erfreuen schien.

Er bat mich zu Tisch, an dem er begann, mich über mein Leben auszufragen. Seit meiner Flucht oder Reise, je nach dem, war ich das erste Mal ehrlich, denn ich hatte ein Gefühl des Vertrauens zu diesem Mann, ich müsse ihm nichts verschweigen, denn ich war mir sicher, dass das, was ich ihm erzählte, nie über seine eigenen Lippen wiedergegeben werden würde.

Ich erzählte von meinen Eltern, meinem Vater dem Serben, meiner Mutter der Bulgarin, auch meinen Onkel erwähnte ich, denn er war es, dem ich es zu verdanken hatte, mich überhaupt auf Deutsch äußern zu können. Ich erzählte vom Schicksal meiner Eltern, vom bejubelten Mord an der „dreckigen Bulgarin" und dem „serbischen Judas" wie sie die Nachbarn so oft nannten. Nie hatte ich diesen Hass gegen meine Eltern verstanden, welcher mir auch für immer ein Rätsel bleiben sollte. Irgendwie erleichterte es mich über meine Vergangenheit zu sprechen. Ich spürte das erste Mal seit Langem wieder Verbundenheit, ich merkte, dass ich verstanden werde. Gleich darauf sollte ich erfahren, wieso.

Der Mann war unendlich dankbar für meine Offenheit, in der er sogleich die Möglichkeit sah, mir seine Geschichte anzuvertrauen. Er habe so wie ich alles verloren, Frau und Kind, sagte er mir, jedoch wollte er nicht sagen wie.

Niemand war neben ihm, seit Jahren und Jahren auf dieser verdammten Welt, in der so viele Menschen lebten, in der die Liebe herrschte, waren wir zwei allein.

Da der Mann namens VI, aus der atemberaubenden Stadt Wien stammend, wie er sie immer beschrieb, gleichermaßen Mitleid hatte mit mir, wie ich mit ihm, lud er mich ein für eine Zeit bei ihm zu wohnen. Er wollte sogar dabei helfen, mir eine Existenz aufzubauen. Er erzählte täglich von seiner wunderbaren Zeit in Wien, laut ihm der tollsten Stadt der Welt.

Meine Sprachfähigkeiten verbesserten sich von Tag zu Tag, da ich viele seiner Bücher lesen durfte. Er half mir auch einen Arbeitsplatz bei einem der großen bevorstehenden Bauprojekte zu finden.

Ich lebte mich hier langsam ein, bekam von diesem unglaublich gütigen Mann einen Schlafplatz, sowie Unterstützung in jede Richtung. Doch den meisten Wert hatte für mich die neue Freundschaft, die ich mit ihm schließen konnte.

Frühling 1899, Budapest

Bleibt der Mensch im Leben stehen, beschleunigt die Zeit immer mehr. Durch Routine werden unsere Tage, Wochen, Monate, zu Minuten. Wir leben in einem Rhythmus, indem uns unsere Tage lang vorkommen, doch die Jahre kurz bleiben.

Schon fast 4 Jahre lebte ich nun in dieser schönen Stadt, bei diesem großzügigen Mann, der an Güte nicht zu überbieten war und lernte das Stadtleben zu lieben. Viele Bücher durfte ich lesen, wodurch sich meine Kenntnisse der deutschen Sprache perfektionierten. Sogar etwas Ungarisch konnte ich lernen, die Sprache, die ich denke so schwer zu erlernen ist, wie keine andere dieser Welt.

Ich lernte Geografie, Geschichte, Biologie, Philosophie, alles Mögliche aus seinen unzähligen Büchern. Täglich sprach ich mit diesem weisen Mann, täglich erzählte er mir von so vielen Orten, die ich noch besuchen müsste, täglich schwärmte er von Wien, der atemberaubenden Stadt. Doch immer als ich ihn fragte, warum nicht nach Wien zurückkehre, obwohl er die Stadt so sehr liebte, gab er mir keine Antwort, aber empfahl mir dringendst, die Stadt zu besuchen.

Irgendwann, als ich einiges an Geld zusammenhatte, beschloss ich seinem Rat zu folgen. So kaufte ich mir voller Erwartungen ein Zugticket nach Wien, der angeblich so wundervollen Stadt, die ich nach so vielen Erzählungen um jeden Preis kennenlernen wollte.

Am letzten Abend vor meiner Abreise, sagte mir der für zum unersetzlichen Freund gewordene Mann, er habe seine Schwester über meine Ankunft informiert, ich könne bleiben, solange ich wolle. Als ich ihn danach fragte, ob er nicht mitkommen wolle, erwiderte er nur, er könne die Stadt nicht mehr sehen, denn sie erinnert ihn zu sehr an seine Vergangenheit, die schmerzerfüllter war als die jedes anderen. Als ich die plötzliche Verzerrung seines Gesichtes sah, fehlte mir jeder Mut nach weiteren Informationen zu fragen, denn ich wusste, dieser Mensch leidet schon beim bloßen Gedanken. Ich verabschiedete mich, nachdem ich uns ein baldiges Wiedersehen wünschte.

Frühling 1899, Wien

Die Fahrt nach Wien dauerte nicht sehr lange. Ich bestaunte die wunderbare Landschaft, geprägt von blühender Natur in einem märchenhaften Frühling.

Ich beobachtete den Flug der Vögel, denn wie ich davor beim Lesen erfuhr, bilden diese unglaublichen Tiere die verschiedensten Formationen und haben immer ein Ziel während ihrer Flugbewegungen. Die Stunden vergingen schnell, nach ein paar Aufenthalten mitten im Nirgendwo, erreichten wir bereits die Stadt, von der ich mir jahrelang jeden Abend erzählen ließ.

Ich wusste, irgendwann würde ich mich in einen Ort verlieben, sobald ich ihn das erste Mal sah. Dies war nun dieser Moment. Sobald ich den Zug verließ, erfasste mich sofort die Begeisterung über den für mich damals fast magischen Wiener Baustil. Diese Wunderschönen, aufwendig ausgearbeiteten Details, jedes Fenster dekoriert, wunderschöne Gewölbe, traumhafte Gesimse, jede Fassade raubte einem Menschen mit ihrer Schönheit den Atem, so wie mein alter Freund VI es mir beschrieben hatte.

Die Bürger saßen im Erdgeschoß, vor so gut wie jedem Gebäude auf Tischen im Freien, tranken Kaffee, Tee oder Anderes. Die Menschen auf der Straße grüßend, in den Kaffeehäusern lachend, in den Parks diskutierend. Jeder hatte etwas zu tun, so schien es mir Anfangs. Man sagte mir rund zwei Millionen Menschen würden hier leben. Eine für mich unvorstellbare Zahl. In einem Wohnblock hier, lebten mehr Leute als in meinem gesamten Heimatdorf. Diese unfassbare Größe war für mich schon fast erschreckend. Fast ohne Gepäck, sowie ohne jegliche Orientierung lief ich die Straßen entlang, um die Stadt zu erkunden. Fast den ganzen Tag lang spazierte ich durch die Gegend, bis ich vollkommen zufällig in die Straße kam, in der die Schwester meines einzigen Freundes lebte. Ich suchte die Hausnummer, klingelte an der Tür, bevor mir eine freundliche Gestalt mit einer wolkigen Stimme öffnete.

Die ältere Dame, geschätzt sechzig Jahre alt, elegant gekleidet, bat mich herein, während sie sofort Kaffee aufsetzte. Sie konnte mir gar nicht genug Fragen stellen. Noch bevor ich eine Frage beantwortete, stellte sie schon die nächste. Somit fragte sie mich die ersten 15 Minuten lang über alles aus, doch bekam so gut wie keine einzige vollständige Antwort.

Sie nannte mir, nachdem sie mich nach meinem Alter fragte alle Sehenswürdigkeiten, die ich besuchen müsse. Die Antwort auf die Frage nach der Gemütlichkeit der Zugfahrt, unterbrach sie, indem sie mir ihre gesammelten Eintrittskarten von Theatern, Konzerten, oder Opern zeigte. So setzte sich das Gespräch fort, wir sprachen stundenlang, bis wir vor Müdigkeit die Augen nicht mehr offenhalten konnten.

Sie zeigte mir den für mich liebevoll hergerichteten Schlafplatz, wobei ich sofort merkte, dass die Gutmütigkeit dieser Familie unübertreffbar sein musste.

Meinen zweiten Tag in Wien verbrachte ich den Ratschlägen meiner Gastgeberin befolgend, indem ich so viele Sehenswürdigkeiten besuchte, wie nur möglich. Ich merkte schnell, dass das Interesse der Menschen in Wien nicht der Arbeit gehört. Hier liebten sie die Kunst, wie an jeder Ecke zu bemerken war. Überall hingen Informationen über die neuesten Theateraufführungen, Opern, Bücher und Konzerte. Überall saßen Menschen, die vertieft in ihren Büchern lasen. Überall hörte man ein wunderschönes, gehobenes Deutsch, das so verständlich klang, wie auch mitreißend. Jedes Mal, wenn ich zwei Menschen sprechen hörte, hätte ich mich am liebsten dazugesellt, doch das hatte mein Respekt vor den Diskussionsthemen dieser Menschen nicht zugelassen, denn ich wusste noch nichts über deren Leben, Probleme, Wünsche, Emotionen oder Neigungen.

So spazierte ich vom Stephansdom zum Museum, ging den Burgring entlang, besuchte sogar das Schloß Schönbrunn. Die Universität beeindruckte mich mit ihren unvergesslichen Gebäuden von Anfang an. Ich spazierte durch die Parks, lief durch die Straßen, versuchte Einheimische kennenzulernen, aber alle schienen mir zu sehr in irgendetwas vertieft zu sein, um sie anzusprechen. So ging ich planlos umher, was wie sich herausstellte das Beste war, was ich jemals tat, denn mein Leben sollte dadurch unvorhersehbar beeinflusst werden. Mir sind schon unendlich viele Dinge passiert, die ich wohl nie vergessen werde.

Momente, die den Verlauf eines Lebens verändern konnten, kamen bei mir fast monatlich vor, doch diesen einen Moment werde ich wohl immer als den wichtigsten meines Lebens ansehen. Ich wollte gerade eine Straße überqueren, da wartete ich noch einen Augenblick, um mir eine Zigarette anzuzünden. Auf einmal hörte ich ein lautes Lachen hinter mir. Ich drehte mich um, wobei ich zwei Mädchen sah, die etwa drei Meter neben mir standen. Da sah ich das erste Mal diese Frau, diese Frau mit langem, schwarzem Haar, dieser perfekten Gesichtsform, diesem unglaublich schönen Lächeln. Ich sah sie und konnte für mehrere Sekunden meinen Blick nicht von ihr abwenden.

In einem Moment, indem sich unsere Blicke trafen, wusste ich sofort, ich würde nie wieder, die Augen einer anderen Frau erblicken wollen.

„Worüber lacht ihr denn so?"

Es dauerte einen Moment, bis ich realisierte, dass diese Worte aus meinem Mund kamen. Sie gab mir eine Antwort, doch ihre Augen hatten mich so sehr verschlungen, dass ich kein Wort verstand. Als sie mich fragte, ob alles in Ordnung bei mir sei, sammelte ich meinen Mut für den Versuch, ein Gespräch mit ihr zu führen. Sie sagte, sie sei gebürtig aus Spanien, lebe seit einigen Jahren in Wien mit ihren Eltern, die beide auf Grund irgendwelcher Bankgeschäfte und aus Sicherheitsgründen, von denen wir beide nichts verstanden, nach Wien versetzt worden waren um ihrer Firma, in der sie beide arbeiteten, mehr Präsenz zu verleihen. Ich erwiderte ich sei Reisender, käme grade aus Budapest, hätte schon vieles, wunderschönes gesehen, aber noch nie einen Menschen, welcher sich mit ihr vergleichen ließe.

Diese unfassbare Schönheit dürfe ich nie wieder aus den Augen verlieren, dachte ich mir. Ich fragte sie, ob sie sich nicht am nächsten Tag mit mir treffen wollen würde, sie erwiderte, ihre Eltern sorgten dafür, dass sie so wenig Freizeit wie möglich habe, was ich nicht so richtig verstand. Nach langem hin und her, kamen wir zu einem Kompromiss, bei dem ich sie am Weg zu einer ihrer Klavierstunden begleiten könne. Ich verabschiedete mich schmerzenden Herzens von ihr, da sie meinte sie müsse früh nach Hause.

Ich hätte am liebsten eine Maschine zur Beschleunigung der Zeit erfunden, nur um nicht diese wenigen Stunden bis zu unserem Wiedersehen abwarten zu müssen. Erstmals spürte ich das, wovon mir schon so viele erzählten. Alle sagten mir die Liebe hebe einen Menschen höher als jede erfundene Flugmaschine, trage ihn weiter als jedes Pferd und erfülle ihn mit mehr Glück als alles Materielle auf dieser Welt. Genauso fühlte ich mich. In meiner Bleibe angekommen, erzählte ich meiner Gastgeberin von meinem unglaublichen Glück, doch sie warnte mich sofort vor der Liebe und den Frauen in Wien. Vor allem einem Fremden sei es nicht immer möglich sein Glück zu verwirklichen, so sehr er es auch wünsche. Doch ich war zu optimistisch und voller Vorfreude, um ihren Worten Gehör zu schenken. Die ganze Nacht lang konnte ich nicht schlafen, stellte mir alle möglichen Dialoge vor, suchte auf alle Fragen, die sie stellen könnte, eine passende Antwort. Ich war verliebt, als ich sie das erste Mal gesehen hatte. Auch wenn ich davor noch nie Liebe verspürte, so wusste ich es genau.

Am nächsten Morgen, nachdem ich die ganze Nacht wach lag, stand ich viel zu früh auf, ging viel zu früh los, um den ausgemachten Treffpunkt ja nicht zu versäumen. Mindestens eine Stunde wartete ich vor ihrer Wohnung in der schönen Kochgasse, während ich ihre Ankunft kaum erwarten konnte. Dann endlich, nach einer qualvollen Nacht des Wartens, trat sie aus dem Gebäude, wobei mich ihr Anblick genauso wie am Vortag zum Erstarren brachte. Sie sagte, wir müssen sofort los, sie sei spät dran, während sie mich glücklich mit ihren unvergleichlichen Augen ansah.

Sofort schoss mir ein Gedanke durch den Kopf – wenn sogar ihre Augen Glück ausstrahlten, wie sahen dann wohl erst meine aus?

Auf dem Weg zu ihrem Klavierlehrer, dessen Ausbildungsort nur kurze fünfzehn Minuten von ihrer Wohnung entfernt lag, sprachen wir über jedes nur erdenkliche Thema. Da uns die 15 Minuten selbstverständlich viel zu wenig Zeit waren, verabredeten wir uns vor dem Universitätsgebäude, welches in der Nähe war. Wie auch in der Früh, konnte ich das Wiedersehen nicht erwarten, denn obwohl es nur zwei Stunden dauern sollte, bis der Klavierunterricht vorbei war, kam mir das Warten noch länger vor als in dieser letzten schlaflosen Nacht.

Dann endlich. Nach dieser grausamen Warterei erblickte ich sie, wie sie eben das Gebäude verließ, um in meine Richtung zu schlendern. Da stand sie nun wieder vor mir. Je öfter ich sie sah, desto schöner kam sie mir vor. Ich spazierte nun durch diese wundervolle Stadt, mit dieser wundervollen Frau, durch die Parks, vorbei an den Kaffeehäusern, begeisternd an der Schönheit des Lebens, denn nie hätte ich solche Glücksgefühle für möglich gehalten.

Nachdem ich sie nach Hause begleitete, wir uns die Uhrzeit für den morgigen Tag ausmachten, spazierte ich noch allein durch Wien, denn an diesem Tage liebten mich das Leben und das Schicksal.

Straße für Straße lief ich ohne Ziel, ohne Plan umher. Alles, was ich am Vortag bereits sah, bevor diese Frau meinen Weg kreuzte, kam mir an diesem Tage noch schöner vor, alle Worte, die ich im Vorbeigehen hörte, klangen schöner, alle Menschen waren freundlicher, alle Kaffeehäuser einladender.

Sogar so einladend, dass ich beschloss mich in eines zu setzen, denn so viel hörte ich von dieser Atmosphäre, die ich an diesem Tage erleben sollte.

Gemütlich sitzend, studierte ich vorerst eine Art Speiseplan, welcher mir mehr Fragen aufwarf als er hätte beantworten können. In allen Lokalen, in denen ich bis jetzt war, diente das Wort ‚Kaffee' nur einem Heißgetränk. Hier jedoch war das Wort eine Überschrift, unter der sich mindestens fünf Ausdrücke fanden, die ich noch nie gehört hatte. Ich entschied mich dazu, der Bedienung den erststehenden Ausdruck zu nennen, denn zu Fragen schien mir unangebracht. So saß ich Tourist nun in diesem gemütlichen Kaffee, nichtsahnend eine Zeitung lesend.

An diesem Tage liebte mich das Schicksal so sehr, dass es mir zum ersten Mal in meinem Leben eine Wahl ließ, als mich ein in etwa 40-jähriger Herr, der neben mir saß, ansprach. Ob es denn einen Grund für mein Strahlen gäbe, fragte er offen.

„Natürlich, heute liebt mich das Leben, welches mich immer verachtete."

– „Ach, uns alle verachtet das Leben, denn irgendwann ergeben wir uns dem Tod, der das lebendige Dasein oft sinnlos erscheinen lässt."

„Muss ich diesen Satz verstehen?"

– „Gott nein. Erfreue dich heute an der Liebe, die dein Leben dir schenkt. Wer weiß wie lange sie besteht."

„Schwachsinn. Bis jetzt lebten in mir nur das Pech und das Unglück, doch heute hat sich alles geändert, denn ich habe die Liebe meines Lebens kennengelernt. Niemand kann mir das noch wegnehmen."

– „Junger Mann, tut mir leid dich an so einem großartigen Tag mit Pessimismus belastet zu haben. Erzähl doch mal, was dir heute so Gutes widerfahren ist."

„Heute, heute ist der Tag, an dem ich meine Zukunft sah, als ich in ihre Augen blickte, heute ist der Tag, an dem ich mich vom Pech abwendete, welches mich mein ganzes Leben lang verfolgte."

– „Hast du die Liebe gefunden?"

„Ja, doch ich weiß nicht, wie es funktionieren soll. Ich, ein Elternloser Junge, ohne Arbeit, ohne Wohnung, wie soll ich sie nur erobern? Eine reiche Bankierstochter, die an Schönheit nicht zu übertreffen ist?"

– „Junger Mann, all diese Fragen kann ich dir nicht beantworten, doch vielleicht kann ich dir wenigstens eine kleine Hilfe anbieten."

„Hilfe?"

– „Tja, wie du vielleicht schon bemerkt hast, ist Wien eine Stadt, in der die Bürger gerne dem Genuss verfallen. Ganz egal ob Kunst, Frauen,

Männer oder Bier, sie lieben den Genuss und die Verführung. In so einer Stadt ist immer ein Arbeitsplatz frei, für junge motivierte Menschen, die sich eine Zukunft aufbauen möchten."

„Ist das so?"

– „Tja, so wie der Zufall nun will, arbeite ich seit Jahren in der Brauerei ‚St. Marx'. Heute bin ich im Abenddienst eingeteilt, welcher in einer Stunde beginnt. Wenn du körperliche Arbeit nicht fürchtest, kannst du mich in die Arbeit begleiten, dann sehen wir, ob ich dir helfen kann."

Ich brauchte einen Moment, um zu verstehen, was in diesem Moment geschah. Ich könne einen Tag nach meiner Ankunft in dieser Stadt, möglicherweise einen Arbeitsplatz antreten, jeden Tag die Frau sehen, in die ich mich verliebte, mit ihr eine Zukunft planen, vorausgesetzt ihre Eltern stellen sich nicht dagegen. Ich sagte sofort zu, bedankte mich tausendfach. Wie lange wird mir wohl dieses kleine Kaffeehaus in der Wallnerstraße in Erinnerung bleiben, in dem sich mein Leben ändern sollte. Wir gingen gemeinsam los, stiegen in eine der neuen Straßenbahnen, vor denen ich mich ehrlich gesagt etwas fürchtete, doch der Weg war zu weit um zu Laufen.

Beim Betreten der Brauerei, welche meinem Gefühl nach das größten Gebäude war, welches ich bis dahin betrat, stockte mir wie so oft in dieser Stadt der Atem. Ich folgte meiner neuen Bekanntschaft über rostige Stiegen in ein kleines Büro, in dem mich ein elegant gekleideter Mann empfing. Unendlichen Dank richtete ich aus, dann verließ mein Begleiter den Raum. Nach einigen Fragen, die mir gestellt wurden, von körperlichem Zustand über zeitliche Flexibilität, beschlossen wir für den nächsten Tag einige Probestunden.

Sehr zuversichtlich, dankend, verließ ich das Büro, bevor ich mich auf den Rückweg begab. Sofort begann ich von meiner Zukunft in dieser traumhaften Stadt zu träumen. Wieder erzählte ich meiner Gastgeberin von meinem Glück, welche mir ihre Glückwünsche ausrichtete.

Nach einer unglaublich ausruhenden Nacht ging ich wieder zu früh los, um die morgendliche Begleitung dieser wundervollen Frau, auf keinen Fall zu versäumen. Wieder schlenderten wir die Straßen entlang, ich erzählte von meinem Glück des Vortages, sie freute sich sehr. Dann sprachen wir noch über ihre Weltansicht, welche sich in erstaunlich vielen Abschnitten mir meiner deckte. Nachdem wir uns wieder schweren Herzens verabschiedeten, begab ich mich sofort auf den Weg zur Brauerei, denn niemals hätte ich mir ein Zuspätkommen am ersten Tag verziehen.

Gleich nach meinem Eintreten wussten alle, wer ich war. Sie teilten mir einfache Aufgaben, wie das Umschlichten einiger Fässer, oder das Reinigen von Arbeitsflächen zu. Ich erledigte die Arbeit mit solcher Motivation und Schnelligkeit, dass bereits nach zwei Stunden ein sicherer Arbeitsplatz garantiert war. Ich freute mich, erledigte alle mir zugeteilten Arbeiten, bis man mich nach einigen Stunden meinen Arbeitstag beenden ließ. Als ich mich im Büro wie aufgetragen meldete, bestätigte man mir die Einstellung, nachdem ich einige Münzen für die schnelle Erledigung der Aufgaben bekam.

Voller Aufregung, von den großartigen Nachricht zu berichten, begab ich mich sofort auf den Weg zur Wohnung meiner Geliebten. Da ich nicht wusste welche Türnummer ihrer Wohnung zugeteilt war, wartete ich einfach stundenlang, vertrauend auf mein Glück, vor dem Gebäude. Einige Zeit verging, bis sich endlich die Tür öffnete.

Doch es war nicht die bezaubernde Frau, die ich erwartete, es war ein elegant gekleidetes Ehepaar, welches mich fragte, worauf ich den wartete. Ich versuchte Sie so gut ich konnte zu beschreiben.

Wie so oft in meinem Leben, fand ich mich nun in einer unangenehmen Situation wieder, denn wie sich herausstellte, waren es ihre Eltern. Ihre Mutter strahlte Freude aus, doch ihr Vater stellte sich vor mich, begann zu schreien und verscheuchte mich. Ich ging um die Ecke, wartete, bis sie außer Sichtweite waren, begab mich zurück zu dem Gebäude nachdem ich entschieden hatte, nun an allen Türen anzuklopfen, bis mir die gewünschte Person öffnete. Nach einigen Fehlversuchen, bei denen mir alte verschwitzte Wiener öffneten, die sich unheimlich lautstark bei mir beschwerten, weil ich sie sinnlos gestört hätte, ging eine Tür am Ende des Ganges auf, aus der ein Kopf hervorschaute, um nach dem Rechten zu sehen. Sofort begab ich mich in besagte Richtung, denn ich wusste, ohne das Gesicht richtig zu erkennen, dass sie es war. Vor der Tür stehend, sah ich ihr tief in die Augen, sowie sie mir. Sie zog mich in die Wohnung, bevor sie die Tür verschloss.

Manche Ereignisse in unseren Leben bleiben wohl schöner und für länger bestehen, wenn wir sie mit niemandem teilen.

Nachdem wir uns wieder für den nächsten Tag verabredeten, verließ ich die Wohnung, um meiner Gastgeberin von meinem neuen

Arbeitsplatz zu berichten, sowie sie um Hilfe bei der Suche nach einer Bleibe zu bitten.

Nachdem sie mir eindeutig klarmachte, ich könne für längere Zeit bei ihr bleiben, berichtete sie mir, eine alte Freundin von ihr besäße ein Zinshaus, in welchem sie kleine Wohnungen vermiete. Ich bat sofort um die Adresse und begab mich noch am selben Tag dorthin, um Gewissheit zu erlangen. Nachdem ich mich bei einem Bewohner nach der Bleibe der Besitzerin erkundigte, begleitete mich der Herr zu einer Wohnung, an der er sogar für mich klopfte. Er verabschiedete sich, nachdem ich dankte. Ich sprach einige Zeit mit der Vermieterin, die einige Listen durchsah, bis sie mir ein kleines Zimmer zu einem leistbaren Preis anbieten konnte.

Wieder stand das Glück auf meiner Seite, ich sagte, ich würde das Zimmer sofort beziehen. Sie führte mich, übergab mir die Schlüssel, während sie mich in meinem neuen Heime willkommen hieß.

Als ich eintrat, sah ich die Einfachheit des Zimmers, doch allein durch die Tatsache, dass ich in Wien wohnen sollte, war es für mich so, als hätte ich einen Adelswohnsitz bezogen. Ich ging zurück zu meiner alten Bleibe, um meine persönlichen Gegenstände zu holen, bedankte mich herzlich bei dieser gütigen Dame, bat sie ihrem Bruder einen längeren Aufenthalt meinerseits in Wien mitzuteilen.

Nun war es so weit. Ich konnte mein neues Leben beginnen. Eines mit einer klaren Sicht in die Zukunft.

Die nächste Zeit war für mich einfach unglaublich. Vor ein paar Jahren lebte ich noch in einem Vorort, in dem ich von allen Menschen, die dort lebten, abgestoßen wurde. Verachtet von der

Welt fühlte ich mich dort. Nun, so kurze Zeit später, liebte ich das Leben und es liebte mich. Tag für Tag verbrachte ich jede freie Minute mit meinem Lieblingsmenschen, jeden Tag wusste ich um mein unfassbares Glück. Wir verbrachten die beste Zeit unseres Lebens und ich war mir sicher, das Pech habe sich für immer von mir abgewendet.

Doch eines konnte ich damals in dieser wunderbaren Zeit nicht ahnen. Denn ich wusste nur vom unabwendbaren Pech. Ich wusste jedoch nicht vom abwendbaren Pech, dem Pech, welches wir Menschen uns durch Hass selbst zufügen.

Frühjahr 1908, Wien

Fast zehn Jahre nach meiner Ankunft in Wien hatte sich viel getan. Ich lebte ein vollkommen glückliches Leben, besuchte meinen besten Freund in Budapest immer öfter, weil ich wusste es könnte mit ihm nicht mehr lange dauern, besuchte seine Schwester in Wien ab und zu, weil ich wusste, sie hatte sonst niemanden.

Jeden Tag verbrachte ich nun mit der Frau meiner Träume, lernte viele nette Nachbarn kennen, von denen ich zwei erwähnen möchte.

Einer der ersten Menschen, die ich in Wien kennenlernte, war mein Nachbar namens IIV, mit dem ich so gut wie jeden Abend Bier trank, welches ich von der Arbeit mitnahm. Wir sprachen oft über die Liebe, über die wundervolle Stadt, in der wir beide Anfangs nur Fremde waren, denn er kam auch aus dem Ausland, doch sein

Heimatland entzieht sich meiner Erinnerung. Nach kurzer Zeit verband uns eine tiefe Freundschaft, die von Tag zu Tag fester wurde.

Der zweite Mensch, den ich erwähnen will, hieß XM, ebenfalls ein Nachbar, der in der k.u.k. Armee diente und immer von den Vorteilen eines Krieges sprach. Immer bot er sich für eine Diskussion an, der ich als überzeugter Pazifist selten widerstehen konnte. Oft stritten wir stundenlang freundschaftlich, oft auch in IIVs Anwesenheit, welcher sich immer auf meine Seite, die Seite des Friedens stellte.

So verbrachten wir zu zweit oder zu dritt unsere Abende, an denen wir diskutierten, stritten, uns gegenseitig als Idioten schimpften, bevor wir wieder freundschaftlich auseinandergingen.

Selbstverständlich hätte ich die Abende viel lieber mit meinem Lieblingsmenschen verbracht, doch ich wusste nicht wie ich meine Liebe ihr gegenüber, vor ihrem Vater rechtfertigen sollte. Gewiss stand mir nur eine Ablehnung zu, denn ich war Teil des Proletariats, während die Bourgeoisie, zu der ihre Familie gehörte, auf uns herabsah. Oft sprachen wir über den Klassenunterschied, der sie nie stören würde, wie sie mir immer sofort versicherte, denn sie verschrieb sich der Liebe, keiner kaiserlichen Tradition der Zwecksheirat. Wir überlegten oft stundenlang, wenn sie wieder mal ihre Eltern austricksen konnte, um einen Vorwand zu finden das Heim zu verlassen, wie ich um ihre Hand anhalten könne, ohne dass mir eine Absage gewiss sei, doch wir kamen nie zu einer Lösung.

Ich konnte mit dieser Ungewissheit nicht mehr leben, denn jeden Tag knabberte dieser ungewisse Gedanke an meinem Herzen wie eine Maus am Käse. Würde sie meine Frau werden oder nicht? Könnte ich ihren Vater überreden, uns seinen Segen zu geben? Wie sollte ich im dunklen Zimmer verharren, im dem es nur eine helle Ausgangstür gab? Nur ein Ausweg bot mir sich an. Es war der direkte Schritt durch die Tür, hinter der sich die Antwort verbarg. Eine andere Option war mir nicht offen. Irgendwann hielt ich es im Raum der Ungewissheit nicht mehr aus, so ging ich eines Tages, an dem ich wusste, meine Geliebte wäre nicht zu Hause, zu ihrer Wohnung, klopfte an, um ein Gespräch mit ihrem Vater zu erbitten.

Als die Tür aufging, traf mich sofort dieser strenge Blick, den ich wohl nie aus dem Gedächtnis bekommen werde. Selten traf ich einen Menschen mit einer stärkeren Ausstrahlung oder einem gezielteren Blick. Die ablehnende Haltung war in seinem Blick eindeutig zu erkennen. Zu meiner Überraschung verschloss er nicht sofort die Tür, sondern fragte mich, was ich wolle, denn mein Gesicht hatte er sich gemerkt, obwohl wir uns nur einmal davor sahen.

„Ich würde gerne ein Gespräch mit Ihnen führen." – „Wenn es um meine Tochter geht, ist das Gespräch beendet."

Ich bin mir sicher, er erkannte an meiner Reaktion, dass es mir um seine Tochter ging, warum sonst sollte ich ihm auch einen Besuch abstatten, doch ich verstand seine Antwort, denn ein Idiot müsste ein Vater sein, der seine Tochter einfach dem Erstbesten anvertraut.

„Ich möchte Ihre Tochter heiraten, denn ich liebe sie mehr als alles andere auf dieser Welt. Niemals könnte ich ohne sie leben."

– „Du möchtest meine Tochter heiraten? Bekleidet wie ein Arbeiter kommst du hierher und erwartest meinen Segen?"

„Ich bin ein Arbeiter. Auch die Kleider des Kaisers würden nichts daran ändern. Doch um die Kleider sollte es bei einer Hochzeit nicht gehen, sondern um die Liebe."

– „Die Liebe? Was hat uns die Liebe denn gebracht? Brachte uns die Liebe finanzielle Sicherheit, sättigte sie jemals unsere Mägen, oder kam sie schon mal für unseren Lebensunterhalt auf?"

„Nein, doch sie brachte das Glück in unsere Herzen, das Licht in unsere Seelen und nur sie kann das Pech aus unseren Leben verdrängen."

– „Das Pech verdrängen? Nichts kann unser Pech beeinflussen, außer wir selbst."

„Das sehe ich anders, denn seit ich Ihre Tochter das erste Mal sah, wendete sich das Pech von mir ab und das Glück erfüllte mein Herz."

– „Glaubst du ernsthaft, du dummer Liebender, ich könnte dir jemals meine Tochter überlassen? Meine Familie wäre beschmutzt und durch dein Blut verunreinigt."

„Mein Blut ist rein, denn ich habe ein reines Gewissen, Sie können uns die Hochzeit untersagen, aber niemals die Liebe."

– „Du dummer Junge, wie stellst du dir nur das Leben vor? Es gibt ungeschriebene Gesetze in der Gesellschaft, die auch meine Familie zu befolgen hat. Meine Tochter erzählte meiner Frau von dir, so konnte auch ich etwas erfahren. Du hast kein reines Blut, Mischlingssohn. Deine Eltern waren Arbeiter, so wie ihre Eltern, so wirst auch du ein Arbeiter sein, so wie deine Kinder."

„Verunreinigt sich das Blut eines Menschen durch verschiedene Nationalitäten oder den

Beruf? Blut wird nur durch Unehrlichkeit und Sünden verunreinigt."

„Das mag sein, doch selbst, wenn ich mich nicht zwischen euch stellen würde, so würde es der Rest unserer Familie, so auch die Gesellschaft."

„Unser Thronfolger heiratete doch auch nicht in seiner Klasse, wagt die Gesellschaft es, gegen ihn zu sprechen?"

– „Willst du dich mit unserem Thronfolger gleichsetzen?"

„Nein, nur mit einem anderen Menschen, der wie ich liebt, der wie ich das Glück sucht."

– „Nur Narren vergeuden ihr Leben damit nach Glück zu suchen, unser Thronfolger ist kein Narr." „Doch er sucht wie ich das Glück, nur kann es ihm niemand vorenthalten, denn die Gesellschaft regelt ihre ungeschriebenen Gesetze sehr schnell, wenn es machtlos ist."

– „Doch gegen dich ist die Gesellschaft nicht machtlos."

„Doch sehr wohl, denn Macht über uns haben nur die, denen wir diese Macht geben. So hat die Gesellschaft vielleicht die Macht über Ihr Leben, doch niemals über meins."

Ich merkte an seinem Blick, ich hatte zu viel gesagt. Nun würden meine Chancen gewaltig sinken, dachte ich mir. In dem Moment, als er die Stimme wieder erheben wollte, betrat eine weitere Person diesen langen Gang, in diesem unter Spannung stehenden Gebäude.

Sie war es, sie wegen der ich gekommen bin. Als sie uns sah, uns in die Augen blickte, brach sie in Tränen aus, denn sie wusste, dass ihr Vater niemals nachgeben würde. Doch eines konnte ich an diesem Tag lernen – Kein Vater verkraftet es, seine Tochter weinen zu sehen, vor Allem, wenn er selbst die Schuld an ihren Tränen trägt. Sie betrat weinend die Wohnung, denn sie konnte uns nicht ansehen, doch ich war mir sicher sie würde lauschen. Traurig blickte er mir nun ins Gesicht, denn er war sich nicht mehr sicher, was nun richtig, was falsch war.

Wir hörten, wie sich eine Tür öffnete, durch die noch eine Person unsere Kulisse betrat. Ein alter Herr, der nur unter großer Mühe die Wohnung verlassen konnte, den Schmerz hatte er im Gesicht geschrieben, doch anscheinend hatte er die Diskussion mitgehört.

„Junger Narr!"

sagte er und blickte dabei den mir gegenüberstehenden an.

„Muss ich alter Mann in den letzten Tagen meines Lebens noch sprechen, um dir etwas beizubringen?"

Mir stockte der Atem, denn Unterstützung war das Letzte, was ich von diesem Mann erwartete.

„Musst du mit dem Jungen leben, oder deine Tochter? Natürlich sie, deshalb steht dir die Wahl ihres Partners nicht zu. Wenn sie ihn will, dann soll sie ihn auch bekommen. Wie viele Frauen müssen noch unter Ehen leiden, die sie ihr Leben lang unterdrücken? Wann werden die Väter dieser Welt endlich verstehen, dass für ihre Töchter kein Geld die Liebe ersetzen kann, denn sie lieben die Romantik, sie lieben das Leben, nicht die übergroßen Gebäude oder das schicke Essen, welches sowieso niemand braucht. Alle meine damaligen Freunde, die ihre Töchter verheirateten, ohne sie wählen zu lassen, brachten Schande über ihre Familie, denn entweder hasste sie ihr eigen Fleisch und Blut, oder die armen Töchter hassten sich selbst und ihr Leben so sehr, dass sie es beendeten. Willst du ein Vater sein, der für den frühzeitigen Tod seiner Tochter verantwortlich ist?"

Ich sah plötzlich eine Erleichterung in den Augen des Vaters meiner großen Liebe, denn nach diesen Worten wusste er, er habe um seine Tochter nicht mehr zu sorgen, denn ab heute würde ich das übernehmen.

„Fragen wir sie doch einfach!"

fügte er hinzu. Der Vater, welcher kein Wort mehr herausbrachte, ging in die Wohnung, kam nach kurzer Zeit mit der Tochter heraus und ließ sie sprechen.

„Ich möchte nur ihn heiraten. Ihn, sonst niemanden. Gewährst du mir nicht diesen Wunsch, werde ich die nie mit Enkelkindern beglücken."

sagte sie schüchtern, während sie mich anblickte.

Diese Stille, die nach diesen Worten eintrat, war unglaublich unheimlich. Doch sie beendete die Stille sehr überraschend, indem sie mich vor allen Anwesenden küsste. Ihr Vater ging schweigend in die Wohnung, denn er wusste er hatte die Verantwortung um seine Tochter nun mir übergeben. Ich bin mir auch sicher, dass er wusste, dass er keinen Grund zur Sorge habe, denn niemand würde sie so sehr lieben wie ich. Der alte Nachbar lächelte freundlich und ging zurück in seine Wohnung, nachdem ich mich mehrmals bei ihm bedankte. Ich bat meine nun zukünftige Frau, mich zu meiner Wohnung zu begleiten, um mit ihr diese Nacht zu verbringen, denn am liebsten hätte ich sie nie wieder aus den Augen gelassen.

Sommer, 1908, Wien

Wochen, Monate vergingen seit dem wichtigsten Gespräch meines Lebens, welches glücklicherweise positiv für uns ausfiel. Da dieser Sommer unser erster war, in dem wir offiziell Geliebte waren, unternahmen wir sehr viel. Jedes Mal, wenn es sich einrichten ließ, besuchten wir das Theater oder die Oper, welche sie so sehr liebte. So viele Aufführungen sahen wir gemeinsam, denn das Wiener Theater hatte viel zu bieten. Romantische, dramatische Aufführungen, die sich fortlaufend gegenseitig übertrafen, denn diese Stadt hatte die geheimnisvollsten Schreibenden, die kreativsten Darstellenden und das anspruchsvollste Publikum.

Nebenbei planten wir unsere Hochzeit, die wir in kleinem Kreise feiern wollten.

Dieser Sommer war auf jeden Fall die glücklichste Zeit meines Lebens, denn ich hatte den mir wichtigsten Menschen so gut wie rund um die Uhr immer neben mir.

Frühjahr 1909, Budapest

Zwei Wochen vor unserer Hochzeit, statteten wir meinem alten Freund einen Besuch ab. Er freute sich unheimlich über unseren Besuch, denn nun wusste auch er, seine Zeit reiche nicht mehr lange. Was wünschte sich dieser Mensch mehr als Gesellschaft, in diesen letzten Monaten im Sterbebett. Wir verbrachten zwei wundervolle sorglose Stunden in Budapest, sprachen über die frühere Zeit, er erinnerte mich immer daran, dass er es war, der mich überredete nach Wien zu gehen und somit auch für unser Kennenlernen verantwortlich sei. Wir lachten oft herzhaft, und wünschten uns irgendwann am späten Abend einen angenehmen Schlaf, während wir uns in unsere Zimmer begaben. Am nächsten Morgen verabschiedeten wir uns minutenlang voneinander, nachdem wir am gemeinsamen Frühstückstisch aßen.

Frühjahr 1909, Wien

Zurück in Wien liefen die
Hochzeitsvorbereitungen auf Hochtouren.
Tagelang freuten wir uns, uns endlich die Ringe
anzustecken und als es endlich so weit war,
waren wir nur mehr froh, dass das Warten endlich
ein Ende hatte.

Gemeinsam sein, mit der einen Liebe meines
Lebens.

Sommer 1910, Wien

Wenn das Tempo des Lebens keine
Verlangsamung findet, dann wird es immer
schneller. So konnte ich kaum die Ankunft meiner
Tochter erwarten, die im August das Licht der
Welt erblicken sollte. Als hätte das Schicksal
meine Ungeduld gekannt, war es der erste
August, der meine Tochter das Licht der Welt
erblicken ließ.

Das erste Mal seit Langem, erlebte ich etwas
Vergessenes.

Ich hatte wieder ein Gefühl von Familie und ich
wusste diese Familie war meine eigene, die mir
niemand nehmen könne. Wir begannen unser
Leben so zu leben, wie wir es wollten.

Wir wussten die Zukunft würde uns gehören,
denn wir hatten nichts zu befürchten. Geld würde

immer da sein, denn mein Arbeitsplatz war mir auf Grund des hohen Bierkonsums in Wien garantiert.

Meine Frau, literarisch außerordentlich begabt, schrieb oft Artikel für renommierte Zeitungen. Sogar einige Schriftsteller sicherten sich ihre Dienste, denn sie schrieb unvergleichlich über die Liebe, über Einigkeit, über Toleranz und Zusammenhalt. Die Leute jubelten den Artikeln zu, doch niemand kannte die wahre Verfasserin. Doch ihr machte das nichts aus, denn sie war sowieso der Meinung, dass sie als Frau es sehr schwer haben würde unter ihrem eigenen Namen zu publizieren.

Wir stellten uns auf ein glückliches Leben ein, denn wir dachten, niemand kann uns unser Glück noch vorenthalten.

Frühjahr 1914, Wien

Vier Jahre alt wurde unsere Tochter in diesem
Jahr, in dem die Welt ein Schlag treffen sollte, der
sie für immer erschüttern würde.

Doch dieses Jahr sollte beginnen wie jedes
andere, in dem wie immer die Blätter begannen
zu blühen, die Bauern das Saatgut verstreuten,
Kaffeehäuser ihre Sommergärten öffneten,
nachdem der Winter, somit die Zeit des Frierens,
vorrüberging. Alles deutete auf einen
wundervollen Sommer hin, in dem hohe Grade
erreicht werden sollten.

Doch weder die negativ Denkenden, die Zukunft
Beobachtenden, noch die kühnsten
Erschaffenden konnten sich vorstellen, wie heiß
es um die Welt noch werden sollte.

Aber nicht nur Schlechtes gibt es zu erzählen, denn wo Menschen leben, lebt immer auch die Liebe. Wir erwarteten unser fünfjähriges Hochzeitsjubiläum, bei dem wir eine kleine Feier im engen Freundeskreis planten. Ich verteilte persönlich einige Einladungen an gute Menschen, sowie an langjährige Bekannte.

Wie schön ist nicht dieses Wien, mit seinen hohen Decken und goldgeschmückten Wänden? Wir saßen in einem gemieteten Saal, dessen Benennung mir leider entfiel. Stundenlang tranken wir, lachten wir, ohne Sorge und ohne Angst vorm Morgen. Wir hatten auch keinen Grund zu Sorge, denn was sollte schon passieren? Bis spät in die Nacht feierten wir unser Jubiläum mit den uns liebsten Menschen, denn wir entschlossen uns dazu, das Glück in unsere Herzen zu lassen und es für immer am Leben zu halten.

Zu dieser Zeit lebte man friedlich in Europa, sicher gab es mal hier und da Momente, die für Unruhen sorgten, Streitereien, Provokationen, doch die Länder waren doch gut mit Verträgen sowie Handel aneinandergebunden.

Obwohl ich inmitten des serbisch-bulgarischen Krieges aufwuchs, erinnerte ich mich nicht wirklich an die Kriegshandlungen, doch ich sah, was der Krieg aus den Menschen machte und wozu er sie formte.

So viel Elend, so viel Armut. Jeden Tag auf eine Mahlzeit oder Wasser zu hoffen, macht die Menschen müde. Sie vergessen, wozu sie leben, sie vergessen, was sie einst träumten. Niemand denkt noch an Glück, alle verfallen sie im Selbstmitleid. Erst die Jugend kann dann Jahre später ein Land wieder in die richtige Bahn lenken.

Die Menschen hier wollten nicht so werden, sie erfreuten sich am Leben, der Genuss war ihnen das Wichtigste, die Literatur wurde geliebt, auch die Theater gut besucht. Niemand dachte daran, Fremden das Bajonett ins Herz zu rammen.

Doch die Geschichte hatte uns schon oft gelehrt, dass die Massen selten die Vernunft suchen.

28. Juni 1914, Wien

Ein Tag muss nie beginnen, wo der vorige endete. Dies war einer dieser Tage, denn wie ein Blitz, schlug die Nachricht über den Mord an dem Thronfolgerehepaar in Wien ein. Die Stimmung war für einige Stunden angespannt, doch danach legte sich die Spannung, denn die Menschen widmeten sich wieder dem Genuss.

Manchmal bemerkt man die Auswirkungen eines Momentes nicht sofort, sondern erst nach einigen Wochen. Viele Menschen mochten den Thronfolger nicht, denn er war kein Mensch voll Empathie, wie es für Herrscher üblich ist. Niemanden konnte er sich zum Freund machen, zu viele lehnten seine Erscheinung ab. Selbstverständlich erschraken die Menschen, als sie von den Todesschüssen erfuhren, doch nach kurzer Zeit legte sich die Hysterie, denn niemand dachte an Rache, niemand dachte an Krieg. Warum auch?

Uns ging es fabelhaft doch im Frieden.

11. Juli 1914, Wien

Zwei Wochen nach dem Attentat, schweigenden Zeitungen sowie Menschen, geschah auf einmal etwas mir Unerklärliches. Alle bedeutenden Zeitungen berichteten auf einmal davon, dass man uns unseren angeblich so geliebten Thronfolger und seine Gemahlin nahm. Man hörte die Menschen plötzlich übereinander schimpfen, was mir absolut unverständlich war. Die gleichen Leute, die gestern freundlich auf der Straße grüßten, schauten einen Tag später voller Verachtung zu mir, denn sie wussten über meine Herkunft bescheid, vor Allem nach dem Attentat verbreitete sich die Nachricht von einem serbischen Wiener sehr schnell. Ich merkte das erste Mal, was sich hier formte und wonach die Massen dürsteten.

Nicht nach Vernunft suchten sie, nicht nach Freundschaft. Man befahl ihnen den Hass und sie gehorchten aufs Wort.

Die Menschen begannen auf einmal beobachtend zu blicken, obwohl es die Wiener nie interessierte, was ihr Nachbar machte, solange er sie nicht dabei störte. Nun fühlte man sich auf der Straße beobachtet, denn die Gesellschaft forderte eine kriegsbefürwortende Haltung von uns, doch ich denke, sie selbst hatte nicht verstanden wieso.

Hierbei konnte ich etwas sehr Interessantes beobachten. Nach dem Attentat änderte sich eigentlich nichts. Niemand gab dem serbischen Königreich die Schuld an den Todesschüssen, alle dachten die Situation würde sich legen. Doch nachdem auf einmal in jeder Zeitung ein Bericht über die Brutalität der Tat, die Liebe zum Thronfolger und die barbarischen Serben stand, änderten sich die Gesichtsausdrücke der Menschen. Die Ausstrahlung voller Misstrauen den Fremden gegenüber, die Augen voller Hass auf die Welt.

28. Juli 1914, Kriegserklärung der
Donaumonarchie an Serbien

Dieser Tag ist in meinem Leben der Tag, ab dem
alles schnell ging. Was trieb die freundlichen
Menschen von gestern dazu, heute Plakate mit
der Aufschrift „Serbien muss sterbien" in die Luft
zu heben?

Wie konnten die Bauern und Händler diesen Krieg
befürworten, ohne in Wirklichkeit überhaupt zu
wissen, wo genau Serbien liegt? Sie schrien alle
möglichen Parolen in die Luft, dichteten immer
neue dazu und waren fest entschlossen einen
Feind besiegen zu müssen.

Nie konnte ich diese Sinneswandlung
nachvollziehen, die das Volk damals durchlebte,
nie hätte ich geglaubt es wäre möglich gewesen,
dass dieses wohlerzogene friedliche Volk,

welches sich des Krieges vor Tagen noch schämte, heute ihre Scham ablegte und puren Hass ausstrahlte.

Ein Rätsel, welches in der Menschheitsgeschichte wahrscheinlich nicht das erste Mal vorkommt. Immer können wir den geschichtlichen Verlauf belegen, doch wer weiß wie sich die Masse der Menschen fühlte? Wer weiß welche Auslöser die wichtigsten Momente der Geschichte bewirkten? So war auch diesmal nicht der Auslöser etwa das Attentat, sondern viel mehr die Hetzte Kriegsprofiteure. Sie alle redeten dem Volk ein, dass diese Schwerverbrecher um jeden Preis von der Erdoberfläche verschwinden müssen.

Doch für den Jubel, den wir ihnen entgegenbrachten, sind wir selbst verantwortlich, denn niemand im Volk hatte den Krieg gewollt, doch auch niemand stellte sich dem Hass in den Weg, der unmittelbar zum Kampf führte.

Eine Frage stellte ich mir immer wieder. Welcher Nationalität gehöre ich an? Der Vater ein Serbe, die Mutter Bulgarin, doch ich fühlte mich als Wiener. Im Schlaf träumte ich manchmal auf Serbisch, im Wachzustand dachte ich auf Deutsch. Doch egal welche Nationalität mir zufällt, ich wusste sicher, wo ich nicht hingehöre.

In den Krieg.

Mein erster Weg führte mich, in der Hoffnung auf mehr Information, zu meinem befreundeten Nachbarn XM, welcher in der k.u.k. Armee tätig war.

Er sagte mir, man würde alles schnell erledigen. Serbien würde nach einigen Tagen fallen, man bräuchte nur wenige Soldaten, denn der zu besiegende Feind sei nicht groß. Er versicherte mir, ich müsste keine Angst vor einer Mobilmachung des Gesamtvolkes haben, vor Allem die Arbeiter der Brauerei seien für die Versorgung der Stadt unverzichtbar. Noch dazu garantierte er mir, als Verantwortlicher für die Rekrutierung im Stadtgebiet, er würde auf meine pazifistische Haltung Rücksicht nehmen und mich niemals in Richtung des Feindes senden lassen.

Doch er wusste nicht, wie groß der Feind war, er wusste nicht, in was sich die Monarchie eingelassen hatte, er wusste nicht, wie weitreichend die Folgen dieser Kriegserklärung sein würden.

30. November 1914, Wien

Monate vergingen, in denen sich nun schon die
Menschen bekriegten. Wann werden sie genug
haben? Dieser Krieg kann doch nicht ewig
dauern, sagte ich mir immer wieder. Doch immer
mehr Nationen beteiligten sich an diesem Krieg,
der für mich immer unverständlicher wurde.
Irgendwann klopfte jemand an meiner Tür. Noch
bevor ich öffnete, wusste ich, es war mein alter
Freund XM, der mir anfangs noch garantierte, ich
als Gewaltverachtender müsse niemals eine
Waffe in die Hand nehmen. Doch wie so viele in
dieser Zeit, änderte auch er seine Ansichten und
wollte von seinen gestrigen Aussagen nichts
mehr hören. In Begleitung von drei Soldaten sagte
er mir, er brauche Sanitätsgehilfen. Ich müsse
sofort mitkommen, ob freiwillig, oder durch
Gewalt gezwungen. Ich bat den alten Freund, der

heute schon keiner mehr war, um ein paar Minuten mit meiner Frau und meiner Tochter. Ich sagte meiner so geliebten Frau, ich wüsste es gäbe keinen Ausweg. Diesmal müsste ich mitgehen, denn täte ich es nicht, würden sie sich freuen, sich mit der Ermordung eines verräterischen Serbens mitten in Wien zu rühmen. Ich bat um einige Minuten zur Verabschiedung, doch die Minuten wurden sehr kurzgehalten, denn ich wäre nicht der Einzige, der heute rekrutiert werden sollte.

Kein Moment in meinem Leben war je so schmerzhaft wie das Verlassen meines Heims an diesem Tage. Wenn man die Liebe seines Lebens gefunden hat, wenn man einmal diese Augen erblickt, möchte man nie wieder wegsehen müssen.

Doch ich musste wegsehen, ich musste sie zurücklassen, ich musste gehen, denn unsere Herrscher haben sich für den Weg der Feindseligkeit, den Weg der Niederlage, unabhängig des Krieges Siegers, entschieden.

Kein anderer Tag brach mir so sehr das Herz, wie der, an dem ich meine geliebte, kleine Familie verließ.

12. Dezember 1914, Ostfront

Meine geliebte Frau, ich schreibe nun zum ersten Mal in mein Tagebuch, welches ich dir widme. Ich habe dir bereits einige Postkarten geschickt. Ich hoffe du findest die Zeit, um mir eine zu senden, denn ich würde sehr gerne erfahren wie es euch zu Hause geht.

Eines Tages war ich so dumm zu glauben, das Pech hatte sich von meinem Leben abgewendet, ohne zu wissen welches riesengroße Pech, welches unglaubliche Unheil mich erwarten würde.

Man teilte mir hier eine einfache Aufgabe zu. Ich solle in den Zügen, die die verletzten Soldaten und Gefangenen von der Front nach Budapest in das Krankenhaus fahren, Sanitätsarbeit leisten. Tag für Tag sehe ich nun dem Tod in die Augen, doch ich kenne ihn schon zu gut, um zu erschrecken. Anfangs lenkten mich die schreienden Verletzen im Zug während der Arbeit ab, doch als einer nach dem anderen plötzlich verstummte, begann ich die Schreie nicht als Störung zu sehen, sondern als Lebenszeichen.

Je lauter, je mehr Schreie zu hören waren, desto mehr Lebende waren hier, denen ich das Leben noch verlängern konnte. Die verschiedensten Nationalitätsangehörigen finden sich in diesen Zügen, Österreicher, Ungarn, Serben, Russen, ja sogar Rumänen und Bulgaren transportieren wir täglich und verpflegen sie so gut es geht.

Ich hoffe dieser Krieg findet bald ein Ende, allzu lange kann es nicht mehr dauern, denn ich merke, dass die Soldaten langsam von ihrer Kraft verlassen werden. Hoffentlich bin ich bald wieder zu Hause, denn ich denke nur an euch, nur an unsere wunderschönen Spaziergänge durch die

Wiener Parks, an die gesprächigen Abende zu Tisch, sowie an die wunderbaren Vorführungen die du und ich, meine einzige Geliebte so gerne besuchten.

Nur nach dir und unserer Tochter sehne ich mich in diesen kalten Tagen, denn nur die Wärme eurer Liebe hält mich hier am Leben, obwohl ihr in weiter Ferne seid.

Euer liebender Ehemann und Vater,

YX

25. Dezember 1914, Ostfront

Meine geliebte Frau, meine geliebte Tochter. An diesem wundervollen Tag habe ich Zeit, wieder einen Eintrag in mein Tagebuch zu schreiben, denn gestern wurde nicht geschossen. Auch heute wird nicht geschossen, denn die Soldaten wollen auch im Krieg das Fest der Liebe feiern. Diese Tage geben mir Hoffnung, denn wenn alle Waffen einmal stillstehen, wer wird der erste sein, der das Feuer wieder aufnimmt?

Ich frage mich, ob die Deutschen an der Westfront mit den verhassten Engländern und Franzosen auch einen Waffenstillstand aushandeln konnten.

Wie gerne würde ich nur mit euch vor unserem Kamin zu Hause sitzen und dem Holz beim Knistern zuhören...

Euer liebender Ehemann und Vater,

YX

27. Dezember 1914, Ostfront

Meine geliebte Frau, meine geliebte Tochter.
Voller Hoffnung auf eine längere Waffenruhe war
ich während des Festes der Liebe, doch heute
Morgen, sobald die Sonne das Feld erleuchtete,
fielen schon die ersten Schüsse. Gerne hätte ich
den, der als erster Schoss gefragt, warum er den
Befehl nicht verweigerte. Doch hätte er es nicht
getan, wäre er erschossen worden und einem
anderen wäre der Auftrag zugeteilt worden. Wie
lange wird er wohl noch dauern, dieser Krieg aller
Kriege?

Euer liebender Ehemann und Vater,

YX

3. März 1915, irgendwo in Europa

Meine geliebte Frau, meine geliebte Tochter. Erst jetzt kann ich wieder in mein Tagebuch eintragen, denn lange Zeit verbot man mir den „Zeitvertreib", wie sie das Schreiben nannten. Vor Verpflegung so vieler offener Wunden, wussten ich, sowie alle mit mir arbeitenden Ärzte, nach einigen Wochen nicht mehr, wo wir waren. Die einzige Aufgabe, die wir haben, ist Leben zu retten, egal ob Serbische, Deutsche, Russische oder neuerdings auch Osmanische, deren Kriegseintritt ich erst durch den Ersten Verletzten erfuhr. Sie berichteten uns von der Front, erzählten uns von rotgefärbten Flüssen und Feldern. Auch der Zug, in dem wir fuhren, änderte bereits die Farbe seines Bodens, die anfangs noch grau war, zu blutigem Schwarzrot.

Vor einigen Tagen traten zwei Osmanen in unseren Zug, ein junger schwerverletzter Mann, sowie ein älterer, ungefähr in meinem Alter, der mich zu meinem Erstaunen auf Deutsch ansprach. Sein Neffe sei getroffen und er bat darum ihn begleiten zu dürfen, damit er seine letzten Stunden nicht allein verbringen müsse, denn wir alle wussten, dass so eine Verletzung mit den uns zur Verfügung stehenden Mitteln, nicht geheilt werden könne. Nach etwa zwei Stunden verschloss dieser junge Mann die Augen, der etwa 18 Jahre alt war. Die Tränen seines Onkels schienen kein Ende zu nehmen. Er sprach ununterbrochen Wörter aus die niemand von uns anderen verstand und weinte stundenlang um seinen Neffen, der für ihn wie ein Sohn hat sein müssen.

Am Tag darauf gesellte sich dieser trauernde Osmane zu mir. Niemals werde ich seine Worte vergessen: „Was bringt uns dieser Krieg, wenn er uns unsere Zukunft nimmt?"

Wir sprachen etwa eine halbe Stunde über die Sinnlosigkeit des Krieges, dann erzählte er mir, er habe an der Universität Wien Medizin studiert. Sein Name sei IX, er habe nichts mehr in seinem Leben wozu es sich zu kämpfen lohnt. Ich erzählte ihm von meinem Leben, den Enttäuschungen, den Glücksmomenten, allem Drum und Dran.

Ich ging zu unserem Kommandanten und fragte, ob er uns nicht bei der Versorgung der Soldaten helfen könne. Immerhin waren wir uns alle einig, dass dieser Mann, dieser Arzt, uns mehr helfen kann, als den politischen Interessen an der Front.

Die erste Freundschaft konnte ich mit diesem Mann schließen, die erste Freundschaft seit längerem, die keine war wie die, mit unseren

Freunden in Wien, mit denen man Interessen teilte. Wir teilen Schmerz, Tod und Angst.

Das ist es, was uns hier verbindet.

Jeden Tag, wenn die Postkarten aus der Heimat verteilt werden, hoffe ich, dass eine für mich dabei ist, doch noch muss ich mich gedulden, ich hoffe bald findet ihr die Zeit, um mir eine zu schreiben.

Du geliebte Ehefrau und du geliebte Tochter, keine Sekunde werde ich nicht an euch denken. Zu sehr vermisse ich eure wundervollen Gesichter. Voller Vorfreude warte ich auf unser Wiedersehen.

Euer liebender Ehemann und Vater,

YX

13. Juli 1914, Ort unwichtig

Meine geliebte Ehefrau, meine geliebte Tochter.
Heute geschah etwas Furchtbares. Ich musste
ein bekanntes Gesicht behandeln. Unseren guten
Wiener Nachbarn IIV, mit dem ich so oft
gemütlich abends Bier trank, wurde heute
blutüberströmt in unseren Zug gebracht. Ich
erkannte ihn erst, nachdem er mich erkannte und
meinen Namen sagte. Einst las ich, man würde
Menschen, wenn sich ihr optisches Aussehen
verändert, trotzdem an ihrer Stimme erkennen
können. So war es auch in diesem Fall, denn als
er meinen Namen aussprach, wusste ich sofort,
wer er war. Mein neuer guter Freund IX eilte sofort
herbei, um mir zu helfen, denn er muss sofort
erkannt haben, dass dieser Verletzte mir nicht
fremd war.

Stundenlang saß ich neben ihm, stillte die Blutungen, versuchte ihn so gut es ging zu versorgen, doch ich weiß nicht, ob seine Kraft noch reicht, um dem Tod zu entfliehen.

Euer liebender Ehemann und Vater,

YX

14. Juli 1915, Budapest

Meine geliebte Ehefrau, meine geliebte Tochter.
Heute konnte ich schöne Momente meines
Lebens wieder in Erinnerung rufen, denn
nachdem ich unseren alten Nachbarn IIV bis zu
seinem Krankenbett im Budapester Krankenhaus
begleitete, gab man mir den Rest des Tages frei,
denn wir sollten erst am Morgen wieder die Reise
antreten; noch dazu mussten sie gesehen haben,
dass dieser Verletzte mir nicht bedeutungslos
war.

Ich ging sofort los, in der Hoffnung noch einmal
meinen alten Freund VI besuchen zu können,
denn die Nachricht seines Todes hatte mich noch
nicht erreicht. Zwar hatte ich keine großen
Hoffnungen ihn lebend anzutreffen, denn bei
unserem letzten Besuch schien ihn der Tod schon

zur Hälfte übernommen zu haben, doch ich beeilte mich trotzdem merkwürdigerweise so sehr, als würde eine fünf Minuten frühere Ankunft, die Chance ihn noch einmal zu sehen, erhöhen.

Minutenlang klopfte ich an der Tür, doch sie öffnete sich nicht. Seinen Namen rief ich ununterbrochen, doch niemand antwortete. Nach einigen Minuten öffnete sich die Tür der Nachbarwohnung, aus der eine gebrechliche Dame austrat, die mich fragte, wer ich sei. Ich erklärte ihr meine Lage, worauf sie mir die gefürchtete Nachricht überbrachte. Der alte Herr sei gestorben, wann genau wisse sie nicht, denn die jüngste war sie auch nicht mehr. Doch sie sagte mir, ich solle kurz warten, denn er habe an seinen letzten Tagen etwas hinterlassen, für den ersten der nach ihm suchen würde.

Sie übergab mir ein Buch, welches meinen Namen am als Titel trug. Ich war etwas überrascht, denn jetzt war wir klar, er hatte wirklich niemanden außer mir. Ich hätte ihn öfter besuchen sollen, dachte ich mir bereuend, nachdem ich den Wohnblock in Richtung unseres Nächtigungsplatzes verließ.

Dort angekommen, öffnete ich das Buch und begann zu lesen. Einige Glückwünsche hinterließ er mir auf mehreren wundervoll geschriebenen Seiten. Doch ein Buchabschnitt schockierte mich, deshalb möchte ich ihn hier zitieren, denn ob dieses Buch den Krieg überlebt, ist nicht gewiss.

Du, mein junger Freund, mein einziger Freund, niemals wagte ich dir zu erzählen, was mit meiner Familie in Wien geschah, was mich dazu brachte diese wundervolle Stadt nie mehr besuchen zu können, denn alle Orte dieser Stadt, alle

Geräusche der Straßen, alle Menschen der Wohnhäuser hätten mich an sie erinnert. Niemals hätte ich dies aushalten können.

Mein Sohn, VII war sein Name, war bestimmt kein leicht erziehbares Kind. Er liebte den Nervenkitzel, er liebte es das Adrenalin in sich zum Kochen zu bringen. Egal ob durch Schlägereien mit den Nachbarssöhnen, oder Streitereien mit Gendarmen. Überall testete er seine Grenzen, denn er wollte die Welt verstehen, er wollte sie besser kennenlernen. Als sein Vater tat ich mir schwer, denn ich war nie ein Mensch voll Temperament. Ich war nie der strenge Vater, den dieser Junge vielleicht gebraucht hätte. Oft kamen Briefe aus seinem Gymnasium, oft wurde ich vorgeladen, viele Verwarnungen brachte er mit nach Hause, bis eines Tages der Direktor entschied, er sei zu schwer erziehbar, denn alle Mittel, die er kannte, halfen nicht. Jede Art von

Strafe hatte er probiert, doch mein Sohn ließ sich dadurch nie einschüchtern, denn er liebte den Nervenkitzel einfach zu sehr. Doch er war ein guter Junge, immer bereit zu helfen, wenn jemand einen Schwächeren bedrohte, immer bereit seinen Mann zu stehen, wenn jemand seine Freunde beleidigte. Sein Fehler war einfach, dass er sich zu oft im Recht fühlte, deshalb nahmen seine Taten auch nie ein Ende, denn er suchte immer nach einer Rechtfertigung für alles, wobei er sehr kreativ war. Sehr schwer fielen mir die Diskussionen mit ihm, denn er fand immer ein Schlusswort.

Bis heute weiß ich nicht, wer mir meinen Sohn nahm, wie er sein Leben lies, wo oder wann.

Eines Tages klopfte ein Gendarm an meine Tür, der mich bat ihn zu einer Identifizierung zu begleiten. Ich betrat mit ihm die Parentationshalle, deren Geruch ich nie wieder vergessen werde. Kein Raum, indem ich je zuvor war, hat sich kälter angefühlt als dieser graue, schlecht beleuchtete, mit Leichen gefüllte Ort des Todes. Ein Arzt brachte mich zu einer mit einem weißen Tuch bedeckten Leiche, die ich, nachdem er den Kopf freilegte, kaum als meinen Sohn erkennen konnte, da das Gesicht mit großer Gewalteinwirkung entstellt wurde. Lediglich an seinem markanten Muttermal am linken Unterarm konnte ich ihn erkennen. Man sagte mir, er wurde in einem Straßengraben am Stadtrand gefunden und man wisse nicht, was geschehen sei.

Kein Vater sollte die Leiche seines Sohnes sehen müssen. Kein Vater sollte seinen Sohn begraben müssen. Niemals sollten Eltern um ihre Kinder weinen müssen. Kein Schmerz der Welt ist hiermit vergleichbar, kein Unglück größer, keine Schuld zuordenbarer. Was für ein Vater ist man, wenn man das Leben seines einzigen Kindes nicht schützen kann?

Doch noch schmerzhafter als für mich, war diese Tragödie für meine Frau, die wochenlang weinte. Sie war abwesend, wie ein Geist, denn man konnte weder mit ihr reden, noch ihre Anwesenheit fühlen. Sie war nur körperlich da, jedoch sollte sich das auch bald ändern.

Ich weiß nicht ob es möglich ist, dass man an Liebeskummer stirbt, doch wenn ja, dann war er die Todesursache meiner Frau.

Niemals hätte ich zurück in die Stadt gehen können, in der mich alles an meine Unfähigkeit und Schuld erinnert hätte. Zu groß wäre der Schmerz, zu groß das Leid, das ich hätte ertragen müssen.

- VI

Dieser Eintrag hatte mich schwer erschüttert, denn mir wurde etwas vor Augen geführt. Wie oft verlieren wir einen geliebten Menschen durch Krankheit, durch Gewalt oder andere Ursachen? Der Tod sucht uns und unsere Familien sehr oft Heim.

Unerwartet und schmerzhaft, reißt er uns aus unserem Alltag. So viele Menschen mussten zu früh diese wundervolle Welt verlassen, weil der Tod sie geholt hatte.

Müssen wir durch Krieg den Tod auch noch herbeirufen?

Reicht der Schmerz, den er uns sowieso bereitet denn nicht aus?

Euer liebender Ehemann und Vater

YX

1. August 1915, irgendwo zwischen Rumänien und dem Osmanischen Reich

Meine geliebte Ehefrau, unsere bezaubernde Tochter feiert heute ihren fünften Geburtstag, doch ihr Vater ist nicht da, um ihr zu gratulieren.

Ihr Vater ist irgendwo, mit einem Tuch in der Hand, welches er auf eine offene Wunde drückt, um den Blutverlust zu stoppen, doch er weiß, er wird diesem Mann das Leben nicht retten können, denn es gibt keine Utensilien, mit denen man die Wunden noch verschließen könnte, kein frisches Wasser, um die Wunden auszuwaschen, nicht einmal die Tücher, welche er benutzt, um die Blutung zu stoppen, sind sauber. Immer weniger Menschenleben kann ihr Vater noch retten, denn niemand kümmert sich noch um die Verletzten, alle wollen sie nur noch siegen.

Ich hoffe unsere Tochter nimmt es mir nicht übel, dass ich so viele Tage ihres Lebens nicht neben ihr verbringen kann. Wer weiß wie lange dieser Krieg noch andauert? Immer mehr Mächte mischen sich ins Geschehen ein, unsere Züge werden immer voller, gleichzeitig schwinden unsere unverzichtbaren Utensilien, um Sanitätsarbeit leisten zu können, was jedoch unsere Offiziere nicht zu kümmern scheint. Nur noch drei Ärzte und ich sind in dem Zug, in dem anfangs noch zehn Ärzte und zehn Assistenten wirkten. Einige hielten das Grauen nicht mehr aus, zwei begangen Selbstmord, andere sprangen mitten im Nirgendwo aus dem Zug, niemand weiß, wo sie sind oder ob sie noch leben.

Einer dieser drei Ärzte ist der mittlerweile zum Freund gewordene Osmane, der fleißiger war als jeder Deutsche, gebildeter als jeder österreichische Arzt, doch auch trauriger als jeder Mensch, der dem Krieg zum Opfer fiel.

Denn ihn nahm er nicht, den, der für jeden sein Leben geben würde, nur um dieses Leiden nicht mehr sehen zu müssen.

Tag für Tag schlafen wir maximal vier Stunden, schon fast ein Jahr lang übermüdet, überarbeitet, fallen wir dem Konzentrationsmangel zum Opfer und niemand kann noch bedeutende Arbeit leisten. Anfangs war es erschütternde Trauer, wenn uns ein Verletzter verstarb, heute sehen wir es als Erfolg, wenn die Hälfte der Soldaten, die unseren Zug betreten, ihn lebend verlassen.

Doch an einem solchen Tag möchte ich nicht nur über diese grauenhaften Szenen sprechen, ich möchte etwas Schönes ansprechen. Ich hoffe unserer Tochter geht es gut, sie ist bestimmt prächtig am Wachsen. Immerhin soll sie eine bedeutende Frau werden, wie ihre Mutter. Ich habe nur einen Wunsch für ihre Zukunft. Lassen wir sie keine Ärztin werden, denn sollte die Menschheit wieder etwas Gleichartiges wie diesen Krieg erschaffen, möchte ich meine Tochter nicht in einem dieser Züge wissen.

Freuen würde mich eine Postkarte von euch, doch ich fürchte ich müsse mich noch gedulden.

Wie lange wird dieser Krieg noch dauern, wie lange muss ich liebender Vater und Ehemann noch auf die Rückkehr zu den mir einzig Wichtigen warten?

Euer liebender Ehemann und Vater

YX

26. Oktober 1915, Ort unwichtig

Wie so oft endet ein Tag nicht immer, wo er beginnt. So auch heute nicht. Der Morgen wie jeder andere, das magere Frühstück, neben dem Gestank nach Tod, mussten ein paar Leichen noch verladen werden. Nie kamen uns die Offiziere besuchen, denn sie wollten nicht sehen, was wir tun, sie wollten die Zahlen nicht hören die wir schreiben, sie leben lieber in der Illusion des Sieges, als in der Realität des Verlustes.

Doch heute Morgen sollte alles anders sein. Ein Offizier trat mit strengem Blick in unseren Wagon, starrte auf diesen gutmütigen Menschen, nachdem er ihm sagte, er sei als einziger in diesem Zug kein ausgebildeter Arzt und müsse wegen Not am Mann an die Front. Ich wusste dieser Mann sei ein überzeugter Pazifist, der nie eine Waffe in die Hand nehmen würde, doch könnten sie ihn zwingen? Könnten sie auch aus ihm ein bestialisches Monster machen, welches ohne nachzudenken töten kann?

„Niemals werde ich eine Waffe in die Hand nehmen, egal gegen wen gerichtet, niemals kann ich ein Leben beenden, denn diese Kraft darf keinem Menschen zu teil werden!"

hörte ich die Worte aus seinem Mund kommend, noch bevor sie ihre Aussagen beenden konnten. Sie zerrten ihn aus dem

Wagon und sagten ihm, er habe die Wahl zwischen Töten, oder getötet werden. Die Worte, die ich dann hörte, brannten sich in mein Gehirn wie keine anderen jemals:

„Euer Krieg ist eine Lüge, so wie euer Hass. Niemand von euch kann diese Lüge rechtfertigen. Jederzeit sterbe ich für die Wahrheit, doch nie werde ich auch nur eine Sekunde für die Lüge leben, denn ich fürchte mich nicht vor eurer Strafe, doch ihr fürchtet euch vor eurem Urteil!"

Nach diesen Worten stand die Zeit für einige Sekunden still. Man spürte, wie den Menschen das Blut gefror, sie selbst wurden zu Eisblöcken, in einem geschlossenen, mit Vakuum gefüllten

Raum. Niemand bewegte sich, mir schien sogar die Vögel im Himmel wären stehengeblieben. Doch als sich der Offizier wieder fasste, ordnete er sofort die Erschießung dieses „Volksverräters", wie er ihn nannte, an. Die Soldaten stellten sich in eine Reihe, luden die Gewehre, legten an, doch als der Befehl zum Schuss kam, waren die meisten Männer noch betäubt von diesen Worten, und nur aus einer Waffe fiel ein Schuss. Ein junger, im Glauben nationalitätstreuer Soldat beendete dieses wertvolle Leben, ohne auch nur einen Gedanken an Gerechtigkeit zu verlieren, ohne auch nur einen Moment an euch zu denken, ohne zu fragen, was nach dieser Ermordung passieren würde.

So nahmen sie euch diesen einen Menschen. Nicht der verhasste Feind, nicht das Alter, nicht die Krankheit nahm ihn euch. Die eigenen Brüder, wie sie sich nannten, veranlassten diesen Tod. Sie warfen uns die Leiche auf den Zug, sagten wir dürfen niemandem erzählen was passiert sei und verschwanden so schnell wie möglich.

Das Mitgefühl, das ich empfinde, lässt sich durch dieses Blatt Papier unmöglich weitergeben. Ich hoffe dieses kleine Mädchen, auch die wundervolle Frau, von der mir dieser tapfere Mensch immer erzählte, schaffen es dem Hass zu entkommen, der ihnen diese eine Person zu

nehmen wusste, die sie doch so sehr
brauchten.

Niemals dürft ihr dieses Leid des Krieges
unterstützen, denn der Krieg ist nicht
verführerisch, er ist nicht anziehend, er ist
nicht notwendig und auch nicht
unverhinderbar. Der Krieg ist barbarisch, ja
bestialisch, monströs, etwas von Hass
Geschaffenes, das wenn es in Fahrt kommt,
nicht aufzuhalten ist. Der kleine Hass, den
wir unserem Nachbarn gegenüber, oder der
unfreundlichen Vermieterin
entgegenbringen, hat kein Recht zu
bestehen. Niemanden dürfen wir hassen,
niemanden verachten, egal was sie uns
taten, egal was sie uns nahmen, denn

nehmen wir ihnen das Gleiche, hört dieses furchtbare Desaster nie wieder auf.

Ich habe in diesem Leben nur mehr einen Wunsch. So gerne würde ich euch besuchen, denn auch wenn wir uns nicht kannten, so teilten wir doch die Liebe zu dem gleichen Menschen. So gerne möchte ich erfahren, was dieser unglaubliche Mensch in der Welt hinterlassen hat, denn wenn ich nach diesem Krieg noch die Kraft besitze, jemandem zu helfen, dann nur euch zweien, der liebenden Mutter und der liebenden Tochter.

Dieses Buch verstecke ich direkt an der Leiche, denn ich möchte sicher gehen, dass es bei euch ankommt. Der leblose Körper wird es bestimmt.

Hochachtungsvoll und mit größtem Mitgefühl,

IX, ein Freund des Friedens

Wien

Wer konnte ihn rechtfertigen, diesen Krieg aller Kriege? Was brachte uns die Suche nach dem Hass, wenn sie uns den Tod finden ließ? Wie konnten wir unsere Liebsten entsenden, damit sie auf Grund politischer Meinungen zu bestialischen Mördern werden? Was glaubten wir zu tun, als wir diesen Hass, sowie den Krieg bejubelten? Wer gab uns das Recht zu töten, was der Herr in die Welt geboren hatte? Wie kann ein Krieg von Nöten sein, wenn er den Menschen die Menschen nimmt? Wer lernte uns zu töten, wo wir doch in einer friedlichen Gesellschaft aufwuchsen? Wie konnten wir nur so dumm sein, diesen Hass nicht im Keim zu ersticken?

Auch wenn du mein wundervoller Mann diese Sätze nie lesen wirst, möchte ich sie an dich adressieren, denn ich habe dir noch so viel zu sagen.

Ein Brief, ein Satz, ein Wort, können mehr Schmerz bringen als der schärfste Dolch, die größte Kanone oder die fatalsten Bomben. Deshalb mein geliebter Mann, wollte ich dir den deinen Ersparen. Als du gingst, war die Zeit noch eine ruhige, man spazierte durch die Parks wie alle anderen. Noch spürte man diesen Hass nicht so stark, wie nach den ersten Opfern. Mit den ersten Schüssen fielen auch die ersten Soldaten. Brüder, Väter, Ehemänner, Söhne unserer Mitmenschen fielen. Nach kurzer Zeit wurden wir aus den liebsamen Mitbürgerinnen die geheimen Feinde, die alle beobachteten, doch niemand sprach *es aus. Ich sah es in ihren Blicken, sie würden uns immer mehr hassen, nur weil mein so sehr liebender Mann, nicht einmal tausend Kilometer von unserer Stadt entfernt, geboren wurde. Du mein Ehemann, der von allen respektiert, auch geliebt wurde, wurdest nun allen zum Verhängnis. Du warst derjenige dem man die Schuld an den Toten gab, du warst derjenige, den man immer mehr hasste. Fasst glücklich können wir uns alle schätzen, dass du zu dieser Zeit nicht hier warst, denn wärst du es gewesen, hättest du noch viel früher dein Leben gelassen.*

Es begann ein Tag wie jeder andere, als dieses furchtbare Unheil geschah. Wie jeden Tag ging ich mit ihr zu dem Zeitungskiosk, um die neuesten Nachrichten von der Front zu lesen, an der mein geliebter Mann stationiert war. Jeden Tag schrieben sie über unsere Heldentaten, über unsere Siege, über die Verluste der Gegner. Ich musste wissen, was auf dieser Welt geschah, damit ich mir immer vorstellen konnte, mein Mann sei gerade dort, wo nicht gekämpft wird.

Vertieft in den Bericht auf der Titelseite, überquerten wir die Straße, was unserer Familie zum Verhängnis werden sollte. Denn du warst immer der führsorgliche Vater, der seine Tochter an der Hand führte und nie auch nur eine Sekunde die Augen von ihr abwendete. Du warst es, der immer auf uns Acht gab, damit wir uns im Alltag nicht verletzten. Ich war immer die unvorsichtige, der ihre Unüberlegtheit das Leben zerstören sollte. Von rechts spürte ich in einem Moment nur noch einen Stoß, der mich mehrere Meter weit schleuderte, weg von unserer Tochter, die ich ab diesem Zeitpunkt nicht mehr sehen konnte. Erst als ich mich aufrichtete, um zurückzulaufen, sah ich, dass uns eine Straßenbahn gerammt hatte, die ich in meiner Vertiefung nicht bemerkt hatte. Ich rannte zurück, um unserer Tochter aufzuhelfen, um sie zu fragen, ob es ihr gut geht. Doch ich konnte sie nichts mehr fragen, denn eine große Masse hatte sich um sie versammelt, die ich durchdringen musste, um festzustellen, dass unsere Tochter nicht mehr zu helfen war. Sie war tot. Mitten in Wien erfasst von einer Straßenbahn, die ich nicht kommen sah. In einer Sekunde in der du, Ihr Vater ihre Hand gehalten hättest, nie über die Straße gegangen wärst, ohne mehrmals nachzusehen, lies unsere Tochter ihr Leben.

So schnell, wie sie uns das Glück ihr Dasein schenkte, so schnell kam uns der Tod ins Haus, der mich wochenlang nicht schlafen ließ.

Wie konnte so etwas nur passieren? Wie konnte unsere Tochter im Wiener Alltag ihr Leben lassen? Wie konnte ich die Straßenbahn nicht kommen sehen oder hören? Auf all diese Fragen habe ich keine Antwort und es frisst mich täglich von Innen auf.

Nach ihrem Begräbnis schloss ich mich in unserem Heim ein, um stundenlang zu weinen, um stundenlang zu beten. Ich weiß, du mein Ehemann warst kein Gläubiger, auch ich verehrte den Herrn nicht so sehr, wie man es mir beigebracht hatte. Doch wenn man alles verloren, nichts mehr zu hoffen hat, an wen soll man sich wenden? Ich bin mir sicher, du hast im Krieg oft die Hände zum Gebet gefaltet, denn erst wenn man das Grauen des Todes sieht, lernt man das Leben zu schätzen.

Ich konnte dir leider keine Karte schicken, denn wie hätte ich sie betiteln sollen? Wie hätte ich dir diesen Tod verschweigen sollen? Hätte ich dir die Wahrheit geschrieben, so hätte mich die Nachricht deines Todes noch früher erreicht.

Nun saß ich monatelang versperrt in der Wohnung, hoffend auf die Rückkehr meines Mannes, hoffend auf seine Worte, die mir immer wieder das Leben erleichterten, egal in welcher Lebenslage.

Doch was erhielt ich statt seiner Rückkehr? Sie brachten mich zu seiner, ich solle sie reinigen und begraben, denn nur der Transport wurde von meinem Vater bezahlt, sagte man mir so gefühlslos, als würde man nicht mehr zwischen Lebenden und Toten unterscheiden. Schweren Herzens, die Tränen unaufhaltbar, wusch ich diesen leblosen Körper, der mir einst so viel Glück bescherte, bis ich das Buch, in einer dazu genähten, nicht erkennbaren Tasche seiner Weste, von dir versteckt guter IX, fand, welches mir die Umstände seines Todes klarmachte. Ich versteckte es sofort, beendete die Arbeit, ging nach Hause, um es neugierig zu Lesen, und schrieb im Anschluss diesen Brief.

Was bringt uns dieses Leben, wenn wir es damit vergeuden zu hassen? Wieso können wir uns nicht lieben, wie in engstem Familienkreis, so auch in der Öffentlichkeit?

Wer zeigte uns diesen Weg des Hassens, wer zeigt uns diesen Weg des Todes?

Kurze Zeit, nachdem ich einen der zwei geliebten Menschen in meinem Leben begrub, sollte der zweite folgen. Wie sollte ich schwacher Mensch dies bewältigen? Wie sollte ich wieder vor dem Sarg stehen und zu den Menschen sprechen, die dieses Begräbnis nur aus Höflichkeit besuchen würden. Was soll ich dann allein auf dieser Welt tun, ohne Mann und ohne Kind?

Ich kann nicht mehr. Dieses Leid hat sich meine Seele zu Eigen gemacht, dieser Tod hat mir meine Liebsten genommen, dieser feige, hinterhältige Tod, der immer dann kommt, wenn man ihn nicht erwartet. Noch einmal wird mich dieser feige Tod nicht überraschen, denn meinen nehme ich selbst in die Hand. Über mein Schicksal wirst du nicht entscheiden, du unsichtbarer Feind.

Doch ein paar Worte möchte ich noch an euch richten, ihr Menschen der Zukunft, die ihr vielleicht diese Zeilen lest, ihr Freunde der Vernunft.

Niemals lasst euch vom Hass verführen, niemals lasst euch den Frieden nehmen. Der feige Tod wird euch ohne Ankündigung überraschen, öffnet ihm nicht auch noch die Türen.

Der Hass brachte der Menschheit noch nie etwas Gutes, nur Verachtung und Distanzierung der Völker hatte er zur Folge. Doch ihr Menschen der Vernunft, lernt aus der Geschichte, lernt aus unseren Fehlern, denn wir wollten den Fehlern unserer

Vorfahren keine Beachtung schenken und rannten somit direkt in das Verderben.

Unser Krieg, der uns alles nahm, wird euch die Möglichkeit geben, alles zu behalten. Unsere Toten, werden eure Generation leben lassen, denn niemals wieder werdet ihr euch diesen Hass injizieren lassen, der unsere Seelen verpestete. Unsere Trauer, unsere Tränen, werden euch die Freuden halten, die die Hetze uns zu nehmen wusste.

Nie kann ich damit leben, die Augen, die mich ansahen wie keine anderen es je könnten, mit unendlicher Tiefe, unendlicher Liebe, verschlossen zu haben, nachdem dieser Krieg mir alles nahm, was ich besaß. Mit diesen Worten ramme ich mir den Dolch ins Herz, und ich bin mir sicher, mein Herz,

werde nach allem, was geschehen ist,
diesen Schmerz sowieso nicht mehr spüren.

XY.

© 2025 Jovan Grubac

Verlag: BoD · Books on Demand GmbH,

Überseering 33, 22297 Hamburg,

bod@bod.de

Druck: Libri Plureos GmbH,

Friedensallee 273, 22763 Hamburg

ISBN: 978-3-7693-7805-4